KB211817

서점의 일

서점의 일

초판 1쇄 인쇄 2019년 6월 10일
초판 1쇄 발행 2019년 6월 17일

엮은이 북노마드 편집부
　　　북노마드 '출판 수업'
　　　노다인 류진아 박다혜 박병현
　　　송세영 이도원 이은지 이지훈
　　　이한슬 이현주 장은영 한기태

펴낸이 윤동희

편집 김민채 황유정
디자인 위앤드
제작처 교보피앤비

펴낸곳 (주)북노마드
출판등록 2011년 12월 28일 제406-2011-000152호

주소 08012 서울특별시 양천구 목동서로 280 1층 102호
전화 02-322-2905
팩스 02-326-2905
전자우편 booknomad@naver.com
페이스북 /booknomad
인스타그램 @booknomadbooks

ISBN 979-11-86561-61-4 03810

- 이 도서의 국립중앙도서관 출판예정도서목록(CIP)은 서지정보유통지원시스템
  홈페이지(http://seoji.nl.go.kr)와 국가자료공동목록시스템(http://www.nl.go.kr/kolisnet)에서
  이용하실 수 있습니다. (CIP 제어번호: CIP2019019375)

www.booknomad.co.kr

일러두기

- 『서점의 일』은 '북노마드 윤동희 대표와 함께하는 출판 수업'에 참여한 노다인 류진아 박다혜 박병현
  송세영 이도원 이은지 이지훈 이한슬 이현주 장은영 한기태 등 12인이 북노마드 편집부가 되어
  기획-인터뷰-편집-사진 촬영 등에 참여한 책입니다.
- 일부 사진은 해당 책방으로부터 받아 사용했습니다.
- 서점 운영 정보는 2019년 6월 출간 시점을 기준으로 정리했습니다. 출간 이후에 이용 시간이나 휴무일 등이
  변경될 수 있으니, 방문 전 SNS 등을 통해 운영 정보를 확인하기를 권합니다.
- '우리, 만나요'라는 북노마드의 제안에 기꺼이 응해주신 책방지기들에게, 기성 출판이 도저히 생각하지 못하는
  '다른' 책의 문화를 만들어가는 독립 출판 메이커스들에게, 오늘도 우리 곁에서 작은 위안을 주는 독립 서점들에게,
  그리고 출판 수업으로 인연을 맺은 분들에게 인사를 전합니다. 고맙습니다.

북노마드
편집부 엮음

서점의 일

북노마드

작가

"그림은 ○○ 사이기도 하지만,
○ 그 자체로 동사이기도 한 말이다.
나는 이런 구조의 말들이 좋다.
꿈을 꿈.
삶을 삶.
그림을 그림.
이런 말들에는 결과와 과정을
동등하게 중시하는 듯이 읽힌다."

prologue

싱클레어, 다수의 길은 쉽다네.
우리의 길은 어려워.
하지만 우린 그 길을 가게 될 거야.

헤르만 헤세 『데미안』

서점의 덕목을
지키는 것, 그것이
서점의 일입니다

진행·정리 이현주

동아서점
김영건 대표

주소. 강원도 속초시 수복로 108
영업시간. 매일 09:00-21:30
Instagram. @bookstoredonga

66

가장 중요한 건 기본기입니다.
책을 정확하게, 잘 분류해서 진열하는 일은
생각보다 쉽지 않고,
오래 축적된 독서가 필요합니다.

독립 서점을 운영하게 된 혹은 일하게 된 동기가
궁금합니다. 어째서 책방이 하고 싶었나요?
일하는 공간이 책방이어야 한 이유는 무엇이었나요?

저는 책방을 하고 싶었던 건 아닙니다. 책방을
하고 싶었던 게 아니어서 질문에 대답하는 게
적합하지 않을지도 모르겠습니다.
　　동아서점은 할아버지께서 1956년에 열었고,
1970년대부터 아버지께서 운영해왔습니다.
오래된 서점이 그렇듯이, 서점이 흥했던 옛날도
있었지만, 2000년대 들어서는 운영이 극심히
어려워졌던 터라 아버지는 2010년 이후
늘 폐업을 고민해왔습니다. '그만둘 것인가,
계속할 것인가'를 두고 오랜 시간 고민하던
아버지는 어느 쪽도 아닌 '리뉴얼한다'라는
선택지를 생각해냈습니다. 터무니없는 일이라는
사실을 모르진 않았지만, 물러날 곳도 없었습니다.
　　2014년에 서점 리뉴얼을 결정하면서,
아버지는 제게 서점 운영에 합류하기를
제안했습니다. 전화를 받았을 당시 저는 서울의
한 문화재단에서 비정규직 노동자로 일하고
있었습니다. 이렇게 일해서 대체 어느 세월에

집을 장만할 것이며, 어떻게 가정을 꾸릴 수
있을까 막막했던 때여서 얼떨결에 아버지의
제안을 승낙해버렸습니다. 그렇게 저는
2014년부터 아버지의 책방을 이어서 운영하게
되었습니다.

문을 열고 닫을 때까지,
서점의 구체적인 하루 일과가 궁금합니다.
_____

동아서점의 하루 일과는 오픈 시간 이전에,
심지어 모두가 출근하기 이전에 시작됩니다.
오픈은 오전 9시인데요. 매일 오전 8시 15분-
8시 30분 사이에 속초의 화물 운송 업체에서
서점 후문에 책이 담긴 상자들을 내려놓고
갑니다. 출근해보면 그날 매입하고 정리해야
할 책이 담긴 상자가 후문에 쌓여 있습니다.
바로 거기서 이미 서점 일과가 시작되는 겁니다.
9시에 문을 열면 청소부터 시작해요.
먼지를 쓸고 걸레로 바닥을 닦고 나면 대략 1시간
정도 지나 있습니다. 10시부터는 그날 온 상자를
풀고 책을 매입하기 시작합니다. 거래명세서에
기입된 책의 종류와 수량이 맞는지 실제 책과

대조하고 나서 도서판매시스템에 책 제목과
출판사, 정가, 매입률 등 정보를 입력합니다.
그날 물량에 따라 차이는 있지만, 평균적으로 매입
작업을 정오 이전에 끝내야 오후 일과를 차질 없이
수행할 수 있어요. 저희는 중·대형 서점들처럼
매입처가 별도로 있다거나 매입용 컴퓨터가 따로
있는 게 아니어서 매입 작업을 하는 동시에 판매를
병행해야 합니다. 그래서 책을 카운터에 쌓아두고
작업하는 와중에도 손님들에게 불편을 드리지
않도록 주의를 기울여야 해요.

　　　매입이 끝나면 책을 정리합니다. 재입고된
책들은 서가의 각 위치에 꽂아두고, 새로 주문한
책들은 신간 코너로 향합니다. 손님이 주문한 책을
카운터 뒤 서가에 정리한 후 미리 받아둔 연락처로
메시지를 보냅니다.

　　　점심을 먹고 나서 오후에는 본격적으로
손님을 맞습니다. 책을 찾아드리고, 전화를 받고,
책을 계산하여 봉투에 담아드립니다. 선물하려는
분을 위해 책을 포장해드리고, 근처 맛집 추천을
원하는 여행객에게 식당을 소개해드리기도 하고요.
학교나 공공기관으로부터 납품 주문 연락을
받으면 견적서를 만들고 책을 주문합니다.

SNS에 소개할 책을 찬찬히 살펴보고 사진 찍는 일도 오후에 이루어집니다. 대체로 월요일에는 한 주 동안 SNS에 소개할 책들을 추린 후 미리 사진을 찍어두거나 소개 글을 작성해놓기도 합니다.

저녁에는 전화 횟수도 줄고 손님도 비교적 적어서 그날의 잔업을 합니다. 주로 입고 문의 및 출판사와의 협업, 프로모션 등의 메일에 회신을 하거나 (언제나 밀려 있는) 정산을 합니다. 서가 큐레이션을 위한 아이디어를 그때그때 메모장에 적어두었다가 이 시간을 이용해서 기획 코너를 만들기도 해요. 마감 30분 전부터는 주문서를 작성합니다. 주문서 작성이 끝나면 각 거래처에 주문서를 송부한 후 하루 일을 마무리합니다.

우리에게 '츠타야'로 알려진 컬처 컨비니언스 클럽CCC의 최고경영자 마스다 무네아키는 수많은 플랫폼 가운데 고객에게 높은 가치를 부여할 수 있는 상품을 '선택'하고 '제안'하는 곳이 살아남는다고 말합니다. 대형 온오프라인 서점이 존재하는데도 굳이 독립 서점을 찾는 것도 서점들의 고유한 '제안 능력'에 매력을 느끼기 때문일 텐데요.

우리 서점에 적합한 책을 고르는 기준,
우리 서점만이 가진 서가 운영 원칙이 궁금합니다.

가장 주된 원칙은 '균형'입니다. 누군가에겐
지루하게 들릴지도 모르겠지만 '균형'은 동아서점의
정체성과도 직결됩니다. 저희는 '종합 서점'이라는
색깔을 띠고 있기 때문이죠. 고개를 돌려 보면
예전부터 골목 어귀에 있던, 바둑 책도 있고 소설도
있는 그런 서점이 다름 아닌 '종합 서점'입니다.

　　　서점 운영자가 좋아하는 분야의 책, 애정하는
작가의 책만을 서가에 꽂아두었다가는 낭패입니다.
손님의 필요와 요구에 응하는 게 서점원이 해야
하는 기본적인 일입니다. 벽면 서가는 기존 서점에서
흔히 볼 수 있는 분류 방식과 크게 다르지 않게
구성합니다. 철학, 심리학, 역사, 종교, 자연과학,
사회과학, 예술, 취미, 문학 등등의 이름표를 달고
각 분야의 책들이 촘촘히 꽂혀 있습니다.

　　　반면 위와 같은 기존의 틀만으로는 서점의
매력을 온전히 전달하기가 힘들다고 생각합니다.
그런 연유로 실제로 책을 살펴보고 정리하면서 드는
생각들이 새로운 서가 분류, 새로운 큐레이션의
재료가 됩니다. 정리를 하다보면 '어떻게 분류하면

속초 동아서점 사람들
1974년, 즐기운 한때.

할아버지 김종록의 서점
1960년대 후반, 속초 동아서점에서는 배구공과 농구공 등

16 · 17

좋을까?' 고민하게 되는 책이 정말 많습니다.
한 가지 분류만으로 충분치 않거나 어떤 분류에도
속하지 않는 책인 것이죠. 기존 분류 방식으로는
그 책의 내용을 매력적으로 전달하지 못하는
경우도 있어요. 예를 들어 어떤 소설은 처음부터
끝까지 '나이 듦'에 관한 이야기를 하고 있는데,
이런 경우엔 '소설' 서가에 꽂기보다 '나이 듦'에
관한 다른 책들과 나란히 둘 때 책이 보다 생기
있어 보입니다. 이런 고민과 아이디어를 최대한
날것 그대로 서가에 연출하는 게 저희의 일입니다.
책을 만지며 느끼는 그때그때의 고민과 생각이
생생하게 손님에게 전해지길 바라기 때문이에요.
큐레이션한 책들은 평대 위에 눈에 잘 띄도록
배치합니다. 서가 위를 훑어보다가 책을 발견하는
재미를 느낄 수 있도록 말이죠.

　　　하지만 역시 가장 중요한 건 기본기입니다.
책을 정확하게, 잘 분류해서 벽면에 꽂아 진열하는
일은 생각보다 쉽지 않고, 오래 축적된 독서와
많은 리서치를 필요로 합니다. 어떤 책이 어떻게
분류되어야 하는지 모른다거나, 이에 대해
생각해본 적 없이 그저 회피하는 차원에서
독특함을 앞세워 분류한 서가에는 좀처럼 신뢰가

가질 않습니다. '마르크스' 관련 책을 찾는 분이
'마르크스' 책 옆에 '알튀세르' 책이 나란히 꽂혀
있는 걸 발견한다면, 그 순간 서점에 대해 피어나는
신뢰감은 이루 말할 수 없을 것입니다.

인스타그램, 페이스북 등 SNS 마케팅은 선택이 아닌
필수가 되었습니다. 『마케터의 일』의 저자 장인성 씨는
경험을 저장하고 공유하고 인출하고 성장시키는 데
소셜미디어가 좋은 수단이 된다고 말합니다.
[4]
<u>SNS를 통한 고객과의 커뮤니케이션은 어떻게 하고 있나요?</u>
<u>우리 서점만의 SNS 핵심 스토리텔링은 무엇인가요?</u>

계정을 오픈한 초창기에는 홍보 수단으로 SNS를
운영한다는 느낌이 거의 없었습니다. 아닌 게
아니라 '대체 이걸 누가 볼까?' 싶었기 때문이에요.
몇몇 저의 친구들과 지인들이 동아서점 계정을
팔로잉하고 있었기 때문에 다소 사적으로
소통하는 공간 같았습니다. 기본적으로 가족이
운영하는 서점이고, 제가 혼자 SNS를 관리했기
때문에 이렇다 할 부담이나 압박 없이
개인 계정처럼 사용했습니다. 그런데 차츰
팔로워가 늘고 처음 1천 명을 넘었을 때 더

이상 기존 방식대로 운영할 수 없다는 사실을
깨달았습니다. 동아서점을 개인적으로 알지
못하더라도, 서점에 대한 애정과 기대를 품고
시간을 들여 피드를 받아보시는 분들에게
최소한의 예의를 갖춰야겠다는 생각이 들었던
것이죠. 언제까지고 농담 따먹기 하는 모습만
보여드릴 수는 없는 노릇이었습니다.

다른 서점, 여러 브랜드의 SNS 계정을
팔로잉하면서 운영하는 방법을 배우거나 모방하기
시작했습니다. 그 결과, 현재는 다소 거칠지만
나름대로 '시스템'이라고 부를 만한 일종의
규칙을 정립했습니다. 첫째는 (어쩌면 당연한
것처럼 보이겠지만) '책을 소개하는 일'입니다.
관건은 '우리의 언어'로 책을 소개한다는 것이에요.
그때그때 서점에 들어오는 책들 가운데 보다
많은 독자에게 소개하고 싶은 책을 엄선하여
소개하고 있습니다. 출판사의 보도자료나
신문 서평을 참고하더라도 꼭 짤막한 소개 글을
새로 작성합니다. 서점이 이미 존재하는 책 소개
글을 '복사+붙여 넣기' 하지 않았다는 건 피드를
구독하는 분들로부터 신뢰를 얻을 수 있는 중요한
기준이 됩니다. 책 내용을 짧게 요약하는 훈련이

되기도 하고요. 마찬가지 맥락으로 글과 함께
제시하는 사진도 시간을 들여 직접 촬영합니다.

두 번째 운영 규칙은 '가족 운영'이라는
동아서점의 특수성과 관련됩니다. 저희 서점은
부모님과 아내와 저, 이렇게 넷이 운영하고
있습니다. 그 때문에 가족이 운영하는 일에서
빚어질 수밖에 없는 드라마가 있습니다. 어느 날엔
의견이 맞지 않아 아버지와 제가 다툴 때도 있고,
어떤 날에는 아버지가 젊었을 때부터 서점에
오시던 단골손님이 예상치 못한 깨달음을
던져줄 때도 있습니다. 그런 에피소드가 있을
때마다 비교적 짧은 산문 형태로 정리하여 SNS에
게재합니다. '서점'이라는 단어가 '가족'이라는
단어, 그리고 '사람'이라는 단어와 만나면서
일어나는, 때로는 재밌고 때로는 쓸쓸한 이야기를
보다 많은 분들과 공유하고 싶기 때문입니다.

서점에서 일하는 것도 결국 '일'이기에
즐거움 못지않게 어려움도 있을 텐데요.
[5] 기대했던 것과 달리 어려운 점이 있다면 무엇인가요?
하고 싶은 것과 해야 하는 것 사이에서 발생하는
스트레스는 없나요?

동아서점

처음에 서점 운영을 맡으면서 힘들었던 점은 책이라는 상품의 고유한 특성 때문에 빚어지곤 했습니다. 얘기인즉슨 책이란 다른 상품과 마찬가지로 '상품'인데 '어느 정도 사용해보고 구매할 수 있는' 상품인 것이죠. 서점에 가서 책을 고를 때 우리는 대체로 표지만 보거나 제목만 보고 구입하지 않습니다. 내용을 어느 정도 읽어본 후에 사고 싶다는 생각이 들면 그때 구매를 결정합니다. 의류를 비롯한 몇몇 다른 상품도 마찬가지이지만, 책은 이들보다 조금 진입 장벽이 낮습니다. 옷은 입어본 후에 구입하지 않으면 다소 민망하고 미안한 마음이 드는데, 책은 읽어본 후에 구입하지 않는다고 해서 딱히 눈치가 보이진 않죠. 그래서 운영 초반에는 '아, 이렇게 많은 사람들이 책을 사지 않고 보기만 하다가 그냥 갈 수도 있구나'라는 사실을 깨닫는 데에 많은 시간과 감정을 쏟았습니다. 행여 구입되지 않은 책이 손상되어 있기라도 하면 몹시 속상했고, "이 책, 새 책 없어요?"라는 질문에 식은땀만 흘리기 일쑤였습니다. 요새는 '책을 구경하다가 구입하지 않는 건 손님이 서점에서 누릴 수 있는 중요한 권리'라는 걸 어느 정도 깨닫게 되었고, 그럼에도

책이 손상되게끔 책을 읽는 손님들에게는
신속하고 단호하게 대처할 수 있게 되었고,
또한 손이 많이 닿는 곳에 진열된 책들은 만일을
대비해 재고를 여러 권 두는 등 나름대로 노하우를
쌓아가고 있습니다.

디자이너 나가오카 겐메이는 장기침체 시대일수록
사람들은 '제대로 된' 물건을 사고 싶어 한다고 말합니다.
물건을 사기 위해 공부하고 점원-제작자-구매자 간에
교류가 일어나기 시작하면서 '커뮤니티'라는 말이
사용된다는 겁니다. 그의 말처럼 전국 구석구석에 자리한
독립 서점은 책과 사람의 '관계'를 만드는 일을 통해
작은 커뮤니티를 형성하고 있습니다. 서점에서 일하며
책을 통해 사람과의 관계를 어떻게 만들어가나요?
[6]
책과 독자의 관계를 위해 어떤 '제안'을 하는지
궁금합니다.

독자에게든, 책에게든 지나치게 가까이 다가가는
일을 경계하려고 합니다. 저는 책과 독자 사이에서
서점이 할 수 있는 일에 대해 다소 보수적인 입장을
가지고 있습니다. 물론 서점에게 책과 독자를
잇는 매개가 될 책무가 있다는 점에는 강력히

동의합니다. 누군가 서점원에게 책 추천을
원한다면, 우리는 언제든 의자에서 벌떡 일어나서
책을 추천해 드려야 할 의무가 있습니다.
그러나 그런 방식의 추천을 모든 손님이 원하는
것은 아닙니다. 또한 요새 많이 이야기되는
'큐레이션'이라는 것도 어쩌면 극히 일부
독자에게 적용되는 이야기일지도 모릅니다.
어쨌든 손님이 '직접' 책을 읽고 고르는 경험을
최우선으로 여깁니다. 손님이 책에 몰입한 그
순간에, 우리는 잠시 배경으로 물러나거나, 어쩌면
그렇게 배경 속에서 희미해지는 게 좋을지도
모른다고 생각합니다. 이 세상에 책을 읽는
사람과 책, 오로지 둘만 남도록 말이에요. 따라서
큐레이션이나 각종 기획전을 선보일 때 지나치게
설명적이거나 과도한 유머는 삼가려고 합니다.
그럴싸한 말들로 손님을 현혹하는 게 아니라,
손님이 책에 온전히 집중할 수 있는 시간과 공간을
준비하고 배려하는 게 서점의 몫이기 때문입니다.
　　　반대로 독자가 아닌 책에 지나치게 가까이
다가가는 것도 경계하려고 합니다. 물론 '책에
지나치게 가까이 다가가'려면, 책을 많이 읽어야
하고, 책에 대해 깊숙이 알아야 할 텐데 그런

역량이 부족한 탓에 아주 가까이 다가가는 일이
막혀 있는 걸지도 모르겠습니다. 어쨌든 훌륭한
책들만 꽂아둔 채 소수의 손님만 받겠다는 건
동아서점의 정체성과는 다른 쪽입니다.

기타다 히로미쓰의 『앞으로의 책방』을 보면
소설에 등장하는 물건을 경매 형식으로 판매하는 책방,
아이들만 들어갈 수 있는 작은 방이 있는 서점,
잠을 자면서 본 꿈을 책으로 만들어주는
숙박할 수 있는 서점 등 다양한 형태의 새로운 서점을
소개하고 있습니다. 책방 문화의 최전선에서
앞으로의 책방/서점 문화는 어떻게 펼쳐질 것으로
예상하나요?

위에서 언급한 대로 '다양한 형태의 새로운 서점'이
생겨나는 게 책방/서점 문화의 관건이라고
생각합니다. 몇 가지 종류의 책방만 있는 게
아니라 수십, 수백 가지 종류의 책방이 존재할수록
거기에 대한 담론도 다양해질 테니까요. 책방이
다양해지는 만큼 그에 못지않게 '책방 자체가
많아지는 일'도 중요합니다. 우리는 한 지역,
한 도시에 얼마나 많은 중국집이 있고 얼마나

많은 세탁소가 있는지 관심이 없기도 하고, 그래서
사실 몇 개든 상관없다고 생각합니다. 그런데
책방/서점에 관해서라면 '이런 곳에 책방을 열어서
유지가 되나' '지역 규모에 비해 책방이 너무 많다'
같은 부정적인 말들이 팽배합니다. 때로는 서점을
운영하는 분들조차 그렇게 이야기하기를 서슴지
않습니다. 저는 각자 살아갈 길은 각자의 개성과
매력으로 스스로 개척해나가는 거라고 생각합니다.
우리가 서점의 구조를 개선하는 일에는 보다
예민하게 반응하고, 개별 서점들이 살아가는
일에는 보다 관대했으면 좋겠습니다. 앞으로의
책방들이 늘 활기를 잃지 않았으면 좋겠습니다.

동아서점

1   2015년에 동아서점을 리뉴얼하셨다고 들었는데, 원래 서점도 같은
위치에 있었나요?

2   동아서점은 속초를 대표하는 서점으로 1956년부터 존재했지만,
전국적으로 알려진 것은 그리 오래된 것 같지 않아요. SNS를 통한
마케팅이 주목받은 계기 혹은 서점이 유명해진 계기가 있을까요?

3   독립 서점이 늘고 있지만 의미 있는 이익률을 내는 서점은 많지
않다고 합니다. 대형 온오프라인 서점보다 할인 혜택이 없는데 왜
독립 서점에서 책을 구매해야 하는지 의구심을 갖는 시선도 있고요.
그런데도 독립 서점을 통해 독자들이 얻는 장점은 무엇이 있을까요?

4   독립 서점에서만 구매할 수 있는 '독립 서점 특별 에디션'이 눈에
띕니다. 독자가 어떤 책을 원하는지 직접 느낄 수 있는 곳이 독립
서점일 텐데, 이외에도 출판사와 독립 서점이 서로 소통하며 협업하는
부분이 있나요?

5   독서 모임이나 이벤트를 통해 관심사가 비슷한 사람을 모아 공동체를
형성하는 것도 동네 서점을 지속적으로 운영하기 위한 요소일 것
같습니다. 동아서점에서는 어떤 활동이나 독자 이벤트를 진행하나요?

6   '서점의 일'을 가업으로 잇는다는 건 특별한 경우이지만, 서점 일을
본격적으로 시작하기 전에 새로운 분야에 도전하는 두려움은
없었나요? 3년이 흐른 지금은 어떤 변화가 있나요?

7   서점을 운영하며 만났던 기억에 남는 손님, 잊지 못할
에피소드가 궁금합니다.

8   서점을 창업하고 싶은 이들에게 해주고 싶은 조언이나
     '이런 것들은 미리 공부/준비하면 좋겠다'는 점은 무엇인가요?

9   서점 운영자들의 여러 인터뷰를 보면 서점을 운영하는 것은 꼭 돈을
     벌기 위한 비즈니스만은 아니라는 생각이 듭니다. 지역사회에 대한
     애정과 책임감도 어느 정도 작용할 것 같은데요. 동아서점이 속초에서
     어떤 역할을 하고, 어떤 존재로 남길 원하나요?

1

2015년 리뉴얼하며 장소를 옮겼습니다. 원래는
속초 중앙시장과 속초시청 사이에 있었어요. 리뉴얼하면서
규모를 조금 키웠어요. 그때는 지하랑 1층으로 되어
있었는데, 지금은 단일 1층 매장으로 바뀌었어요.
당시에는 지하와 1층을 합쳐 50-60평 정도 크기였는데,
지금은 100평이 조금 넘습니다.

2

한순간에 유명해진 것 같진 않고요. 서서히 시간이
조금씩 쌓이면서 체감했어요. 2014년 말에 리뉴얼을
시작해서 2015년 1월에 오픈했는데, 그때는 지금처럼
동네 서점에 대한 관심이 전혀 없었어요. 교보문고나
영풍문고도 지금처럼 리뉴얼하기 이전이었고, 서울에 독립
서점도 거의 없던 시기였으니까요. 당시 '유어마인드'와
'스토리지북앤필름'이라는 서점이 유명했었는데 지금은
독립 서점이 되게 많잖아요.

2015년과 2016년에 몇몇 언론사에서 저희 서점이
속초에서 오래된 서점이고 리뉴얼했다는 점, 그리고
3대째 운영하고 있다는 점을 독특하게 보았는지
취재 요청을 해왔어요. 미디어에 몇 번 소개되고 서서히
알려지면서 많은 분들이 찾아오셨고, 그분들이 SNS에
방문 후기도 남겨주었죠. 동아서점만의 서가 구성이나

편집을 좋아해주시는 분들이 생겨나면서 조금씩
알려지다가 2017년부터 갑자기 확 늘기 시작했던 것 같아요.
그 시기에 동네 서점이 부쩍 늘어나기도 했고요. 요즘은
점점 더 늘고 있는 추세인 것 같아요.

3

독립 서점이 온라인 서점보다 혜택이 현저하게 적은
것은 사실입니다. 그럼에도 불구하고 오프라인 서점으로서
장점이 있다면, 제일 중요한 것은 책을 직접 만져보고
고를 수 있다는 점이겠죠. 두 번째로는 각 서점마다
서가 구성이나 큐레이션이라고 부르는 서가를 어떻게
편집했느냐를 보고 새로운 영감을 얻거나 혹은 기존에
몰랐던 책을 발견하는 재미를 느낄 수 있다는 점이고요.
세 번째로는 저자와의 만남이나 북 토크를 중점적으로
운영하는 서점도 있잖아요. 저자와의 만남이나
독서 모임처럼 서점 자체가 '커뮤니티'로서의 역할을
할 수 있습니다.

4

2017년부터 동네 서점들과 출판사가 함께 진행하는
프로젝트가 생겼는데, 저희는 민음사와 2017년과 2018년
한 번씩, 문학동네와는 2018년에 한 번 협업했습니다.
동네 서점에서만 파는 '동네 서점 에디션'이라는

프로젝트인데, 앞으로 그런 프로젝트가 많이 생길 것 같아요. 저희만 하는 건 아니고 전국 동네 서점이 참여하는 프로젝트가 될 것 같아요. 그래야 온라인 서점의 판매지수와 비슷해질까 말까 할 테니까요. 출판사와 동아서점이 협업한 프로모션, 브랜드전, 기획전 등도 진행하고 있는데요. 그런 경우에는 동아서점에서만 나눠주는 굿즈 등을 자체 기획해서 참여하기도 합니다.

5

독서 모임이나 저자와의 만남 같은 이벤트를 수익 모델로 삼고 있는 서점들이 근래에 생겨났습니다. 책을 판매해야 한다는 강박에 사로잡힌 것보다 책을 매개로 한 다양한 수익 모델이 존재한다는 건 여러모로 서점에 유익한 일이에요. 다만 서점마다 특성과 정체성이 있듯이 동아서점의 정체성은 '책을 매개로 한 커뮤니티'에 특화되어 있진 않습니다. 상품을 진열하고 판매하는, 보다 전통적인 가게에 가깝다고 할까요. 마음이 맞는 분들끼리 모여 정기적으로 독서 모임을 갖는 경우 자리를 마련해드리고 음료를 준비해드리고 있습니다만, 서점이 주도적으로 모임을 운영하지는 않습니다. 저자와의 만남은 분기마다 1회, 기회가 있을 때마다 저자 워크숍이나 글쓰기 워크숍 등을 열고 있습니다. 다른 이유가 있어서가 아니라 일손이

부족해서입니다. 아버지와 어머니, 아내와 제가 운영하는
가게라서 자주 행사를 열 수 있을 만큼의 능력이 되지
못합니다.

6

저 역시 처음에는 '서점 일'을 시작한다는 두려움이
적지 않았습니다. 당시 저는 공연 기획이라는, 어떻게 보면
서점과는 무관한 분야에 종사하고 있었거든요. 솔직히
'서점 일'이라는 게 어떤 일인지, 하루 일과는 어떻게 되는지
아는 게 전혀 없었습니다.

그래서 아버지가 서점을 운영해오셨던 40년이라는
세월에 기댈 수밖에 없었습니다. 책을 주문하고, 입고하고,
판매하고, 반품하고, 매달 결제액을 지불하는 '서점 일'의
노하우를 아버지로부터 배웠습니다. 비단 '서점 일'뿐만
아니라 다른 가게들과 마찬가지로 자영업으로서의
노하우도 아버지에게 배웠습니다. 매일 청소해서 매장을
깨끗이 유지해야 한다는 것, 하루하루 매출에 일희일비하지
않는 것, 단기간에 열정을 쏟는 일이 아니라 오랜 기간
천천히, 열정을 미지근한 온도로 분배해야 하는 것 등
'장사'를 하는 일에 대해서 말이죠.

제가 서점에 합류하기 직전까지만 해도 서점 매출이
매우 적었습니다. 막다른 골목에 있었기 때문에 처음

이 분야의 일을 한다는 두려움보다 닥치는 대로 무엇이든
해보자는 마음이 컸습니다. 서점 문을 닫을지 말지
고민하던 상황에서도 '리뉴얼'이라는 전혀 다른 해답을
내놓은 것도 무엇이든 마지막으로 시도해보자는
생각이었습니다.

7

　　동아서점은 오랜 시간 '종합 서점'으로 운영되었고,
여전히 그 정체성을 유지하고 있습니다. 그래서 손님층이
굉장히 다양합니다. 그림책을 고르러 온 아이부터 약초에
관한 책을 찾는 어르신까지 모든 연령대의 손님들이
찾아옵니다.

　　이따금 오시는 손님 가운데 무술 책만 찾는 손님이
있습니다. 없는 책은 주문해두었다가 다음 방문 때
찾아가실 만큼 무술 책에 대한 애정이 남다른 손님입니다.
그런가 하면 아예 책을 사지 않는 손님도 있습니다.
아마도 계산대와의 거리가 어느 정도 확보되기 때문에
책을 사지 않고 읽기만 하고 가도 된다는 생각이 있는 것
같습니다. 이 손님은 서점에 마련된 의자나 소파에 앉아서
여유롭게 독서를 즐기다가 홀연히 나가곤 합니다.
이 손님은 제가 서점 일을 시작한 최근 몇 년간 단 한 번도
책을 구입한 적이 없어 유독 기억에 남습니다.

기억에 남는 손님들도 정말 많지만, 기억에 남는 거래처도 있습니다. 속초 옆에 고성이라는 동네에서 50년 넘게 문구사를 운영하시는 할머니인데요. 저희는 이곳에 '책력'이라는, 한 해 동안의 운을 점치는 책을 수십 년째 도매로 공급하고 있습니다. 처음 이 문구사에서 걸려온 전화를 받고 당황스러웠던 건, 가는귀먹은 할머니의 말을 제가 도통 알아들을 수 없었기 때문입니다. 책력을 보내달라는 말까지는 알아들었는데 그 이후로는 의사소통이 불가능했습니다. 그러자 할머니는 계속 제 아버지를 찾았습니다. 아버지를 바꿔드리자, 놀랍게도 두 분이 자연스럽게 대화를 나누시더군요. 수십 년간 목소리를 들어왔기 때문에 희미한 음성만으로도 무슨 말인지 알 수 있었는지 모르겠지만, 어쨌든 그렇게 또 한 해 책력이 고성의 문구사로 보내질 수 있다는 게 신기했습니다.

8

서점을 창업하는 분들에게 해드릴 이렇다 할 조언은 없습니다. 제 코가 석자거든요. 다만 늘 하는 생각은 있습니다. 이를테면 서점은 다른 가게들과 다를 바 없는 '가게'라는 생각 같은 것 말이죠. 저는 물론이고 대체로 누구나 먹고살기 위해, 즉 생계를 위해 서점을 열고 책을 진열한다고 생각합니다. 취미로 서점을 여는 사람은 극히

드물 것 같아요. 그런 연유로 저는 서점을 '문화 사업' 같은
시선으로 보지 않습니다.

　　가게이기 때문에 별것 아닌 게 아니라 가게로서 지켜야
할 덕목이 많습니다. 매장을 깨끗하게 관리해야 하고,
손님에게 불편을 드리지 않으려고 노력해야 합니다.
책을 판매하기 위해 책을 알아야 하고, 공부해야 하고,
책을 둘러싼 이슈에 늘 촉각을 곤두세우고 있어야 합니다.
책을 매력적으로 진열하기 위한 연출력을 갖춰야 하고,
필요하다면 손님들에게 책을 추천해드릴 수 있게 틈날
때마다 독서를 해야 합니다. 어떤 가게도 공짜로 손님이
주어지지 않듯이 서점도 다른 가게처럼 손님을 끌기 위해
언제나 노력해야 하는 거죠.

9
　　저는 서점을 운영하는 일이 기본적으로 '비즈니스'이며,
한순간도 거기서 자유로울 수 없다고 생각합니다.
비즈니스가 아니라면 굳이 서점일 필요 없이 말 그대로
'문화 사업'이라거나 '도서관'이라고 이름 붙이면 되겠죠.
　　동아서점이 속초를 대표하고 있다든가, 무슨 거창한
역할을 맡았다고 생각하지 않습니다. 그저 속초에 있는
오래된 가게입니다. 이 지역에서 60년 넘게 영업해온
가게로서, 딱 그만큼의 지역에 대한 애정과 동네에 대한

책임감을 갖고 있습니다.

　　다만 오래된 가게가 드물다보니, 속초라는 지역과
관련된 여러 가지 집필 의뢰를 받습니다. 2017년에는
문화체육관광부의 지원을 받아 『같이 걸을까, 인문지도』의
'속초 편'을 제작했습니다. 같은 해 8월에는 『아주 사적인
속초 여행 지도』를 제작해서 판매 및 배포했고요.
현재는 제 아내와 함께 『여행 인문학 속초 편』(가제, 북이십일
출판사)을 쓰고 있습니다. 속초의 또 다른 오래된 공간인
'칠성조선소'와 함께 속초 배 목수들의 모습을 담은 사진
인터뷰집 『나는 속초의 배 목수입니다』(가제, 책읽는수요일
출판사)를 펴낼 준비도 하고 있습니다.

매일매일
자라고 있습니다

진행·정리 류진아

바람길
박수현 대표

주소. 서울시 중랑구 망우로 332
영업시간. 월-금 10:00-21:30
　　　　　토-일 11:00-18:00
　　　　(둘째, 넷째 주 일요일 휴무)
Blog. blog.naver.com/baramgilbooks
Instagram. @baramgilbooks

66

책방의 역할은
책을 팔고 사는 공간을 넘어
마을의 빵집처럼 주민과 함께하는 곳이라는 걸요.
그래서 여행을 마치고 제가 사는 동네에
그런 공간을 만들고 싶었습니다.

독립 서점을 운영하게 된 혹은 일하게 된 동기가
궁금합니다. 어째서 책방이 하고 싶었나요?
일하는 공간이 책방이어야 한 이유는 무엇이었나요?

중학생 때, 천장 가득 책이 쌓여 있는 방 한가운데
홀로 앉아 책을 읽는 꿈을 꾼 적이 있습니다.
그런 저를 공중에서 또 다른 제가 내려다보고
있었어요. 그만큼 책을 많이 가지고 싶었어요.
아마도 그게 시작이 아니었을까요?
　　　저는 18년 동안 컴퓨터 프로그래머로
일했습니다. 직장을 그만둔 건 1년간 세계 여행을
가기 위해서였어요. 여행을 시작한 2014년부터
동네 서점들이 생겨나고 있었어요. 책을 좋아하는
저로서는 막연하나마 서점에 대한 동경이
생겨났어요. 여행을 하면서 큰 서점, 작은 서점을
찾아 돌아다녔고, 대형 서점과는 다른 '동네 서점'의
역할을 알 수 있었어요. 북 콘서트, 작가와의 만남
등이 열리는 동네 서점의 매력을 알게 된 거죠.
책방의 역할은 책을 팔고 사는 공간을 넘어 마을의
빵집처럼 주민과 함께하는 곳이라는 걸요. 그래서
여행을 마치고 제가 사는 동네에 그런 공간을
만들고 싶었습니다. 제2의 인생을 시작한다면

내가 사는 곳에서 마을 사람들과 함께하는 삶도 근사할 거라고 생각했습니다. 아, 근사하다는 말이 오해를 불러올지도 모르겠어요. 돈 있는 사람이 돈을 쓰려고 하는 일처럼 느껴질지도 모르니까요. 저, 돈 많은 사람 아닙니다. 삶에서 돈의 역할이 직장 생활을 할 때보다 줄어들었어요. 그때처럼 좋은 곳에서 맛난 걸 먹을 수 있는 환경은 아니지만 하고 싶은 일을 위해서 나를 희생해야 할 때도 있겠지요. 그 희생을 함께하는 남편과 가족에게 미안하지만요.

서점을 오래 하고 싶습니다. 돋보기로도 더 이상 책을 읽지 못할 때까지. 이른 아침에 집을 나와 서점 문을 열고, 내 자리에 앉아 읽고 싶은 책을 읽고, 손님이었던 분들의 손자 손녀와 인사를 나누고, 어느덧 청년이 된 어린 단골의 푸념을 듣는 책방 할머니가 되고 싶습니다. 제가 하나의 '사람 책'이 되는 겁니다. 음식점도 장인정신을 말하고 기업도 100년 기업을 약속하는 세상인데, 서점도 그랬으면 좋겠어요. 포르투갈의 100년 된 서점처럼요. 그곳이 지금까지 이어져온 건 동네와 소통했기 때문이겠죠. 대형 서점은 이익과 유행에 따라 시시때때로 모습을 바꾸지만 동네 서점은 동네와 하나 된 모습으로 살아가는 생명체이니까요.

바람길

문을 열고 닫을 때까지,
서점의 구체적인 하루 일과가 궁금합니다.

서점 문을 열고 들어오면 '책돌이'에게 인사를
합니다. 책돌이는 인형인데, 바람길의 유일한
아르바이트생으로 밤새 문 앞에서 서점을 지킵니다.
그리고 조명을 밝히고 (여름에는) 에어컨을 켭니다.
서점을 연 초기에는 늦은 밤까지 홀로 불을 켜고
앉아 에어컨이나 히터를 작동하는 일이 낭비처럼
느껴졌어요. 불을 끄고 집에 돌아갈 때는 되레
조금 편안한 마음이 들기도 했어요. 아무튼,
불을 켜면 서점이 깨어납니다.

바람길은 커피도 판매합니다. '여행 서점'
이라는 한정적인 주제와 동네의 작은 서점으로
매출을 생각할 때 다른 일이 필요했어요.
제가 커피를 좋아해서 커피와 책을 함께 놓았습니다.
출근하면 커피 한 잔을 내려 마십니다. 전날 고여
있는 커피 가루를 없애고 커피 머신을 예열합니다.
커피를 내리며 포스POS를 켭니다. 장사를 시작할
준비를 마치는 거죠.

이제 컴퓨터를 켭니다. 서점 블로그와 메일을
확인하고, 여러 사이트를 돌아다니며 출판 정보를

확인합니다. 메일은 주로 작가들의 입고 문의 메일과 서점과 출판사에서 진행하는 일에 관한 것입니다. 서점을 홍보하는 서점 블로그의 콘텐츠를 작성하는 일도 중요합니다. 게임도 하고 커피 손님도 맞이하고 그래요. 손님이 뜸하면 서점과 출판사 일에 집중하고, 손님이 많은 날은 그런 일을 미룹니다. 손님들과 이야기를 나누고 서점, 책, 여행을 물어보시는 분들과 대화하는 것도 중요한 일과이니까요.

아무래도 매일 출간되는 책들을 확인하는 일이 중요한 업무죠. 온라인 서점을 통해 출간된 책 혹은 출간 여부를 알지 못했던 책을 확인하고 리스트를 만듭니다. 2주에 한 번씩 리스트를 가지고 대형 서점에 가서 책을 실물로 확인합니다. 실제로 보면 생각과 맞지 않은 책도 있거든요. 그러다보니 대형 서점을 가는 것도 업무가 되었어요. 물론 마음에 드는 책이 책등만을 보인 채 눈에 띄지 않는 곳에 있을 때는 마음이 아프지만요.

길을 지나는 분들이 책방에 들러 이런저런 이야기를 해주세요. 슬픈 일, 기쁜 일, 근심 걱정이 저에게로 찾아옵니다. 그분들의 이야기를 듣기만 할 때도 있고 작게나마 방법을 찾을 때도 있어요.

서점의 힘 같아요. 잘 알지 못하지만 누군가와
이야기하고 싶은 분이 있을 때, 바람길이 그 역할을
한다고 생각합니다. 지금은 그분들이 어떤 일을
하는지, 언제 여행을 가는지, 어떤 고민이 있는지를
알아서 그 후 어떻게 되었는지를 듣기도 하고,
그사이 생겨난 다른 고민을 나누는 곳이 되었습니다.
　　　중간중간 설거지를 합니다. 커피와 음료를
도자기 잔과 유리잔으로 제공해서 설거짓거리가
많거든요. 기분에 따라 카페모카를 와인 잔에
내기도 하고 음료를 변형해서 만들기도 해요.
손님의 기분이 안 좋다 싶거나 혹은 좋은 일이
있다고 하시면 그에 맞는 음료를 내는 거죠.
하루를 마무리하는 일은 청소입니다. 서점에서는
클래식과 재즈를 배경음악으로 트는데, 청소 시간은
예외예요. 빅뱅과 2NE1을 좋아해서 볼륨을 올리고
노래를 따라 부르며 커피 머신과 서점 바닥,
책상을 청소합니다. 마지막으로 매출을 확인합니다.
슬프기도 하고 기쁘기도 한 시간이에요. 그리고
책돌이를 문 앞으로 데려다주고 불을 끕니다.

우리에게 '츠타야'로 알려진 컬처 컨비니언스 클럽CCC의
최고경영자 마스다 무네아키는 수많은 플랫폼 가운데

고객에게 높은 가치를 부여할 수 있는 상품을 '선택'하고
'제안'하는 곳이 살아남는다고 말합니다. 대형 온오프라인
서점이 존재하는데도 굳이 독립 서점을 찾는 것도 서점들의
고유한 '제안 능력'에 매력을 느끼기 때문일 텐데요.
[3]
우리 서점에 적합한 책을 고르는 기준,
우리 서점만이 가진 서가 운영 원칙이 궁금합니다.

여행 서점 바람길은 책이 많지 않습니다. 한 달에 두어
권씩 책을 추가하면서 큐레이션한 책들을 손님들에게
소개하는데, 당연히 제가 좋아하는 책을 고릅니다.
주관적일지 모르지만 제가 좋아하지 않는 책을
추천할 수는 없어요. 서점에 입고한 책은 모두 제가
읽고 마음에 담은 책이에요. 좋아하는 책을 소개하면
설명의 길이와 공감하는 정도가 확실히 달라요.
        저는 에세이보다 인문 여행서를 좋아합니다.
좋다 싫다, 감동이다 아니다 식의 여행 에세이보다
인종, 역사, 삶, 음식 등을 설명해주는 인문 여행서를
좋아합니다. 처음에는 부끄러웠어요. 제가 판매하는
책이 나라는 사람을 보여주는 기준이었으니까요.
어느덧 무뎌졌지만 말이죠.
        여행 가이드북은 판매하지 않았었는데,
찾는 분들이 계시고 자유 여행을 갈 때 필요하겠다

싶어 판매하게 되었어요. 많은 정보를 담은 책과
여행지에서 수시로 볼 수 있는 얇은 가이드북으로
나누어 판매하고 있어요. 독립 출판물은 잡지와
여행 사진집을 우선합니다. 한 달에 한 번씩
전시회도 열고 있는데, 사진집은 전시를 병행합니다.
서점인 만큼 당연히 책을 주제로 한 전시도 열고요.
책 속에서 좋은 문장을 발췌해 시화로 담아
전시하면 그 책의 매출이 높아집니다. 제가 굳이
설명하지 않아도 손님들이 벽에 전시된 글을 보고
그 책을 찾아서 읽으시더라고요.

　　　책을 추천하는 건 쉬운 일은 아니에요.
손님들과 대화를 나누면 쉽게 추천할 수 있는데,
그렇지 않으면 질문을 던지고 확인하는 시간이
필요합니다. 이런 시간들이 계속 쌓이면 바람길만의
색깔이 생길 거라고 기대합니다. 선택과 추천을
하려면 주인장의 편견 없는 독서가 필요한데,
그게 아직 부족해서 고민입니다. 그래도 작년보다
나아진 것 같아 마음이 좋습니다.

경험을 저장하고 공유하고 인출하고 성장시키는 데
소셜미디어가 좋은 수단이 된다고 말합니다.
[4]
SNS를 통한 고객과의 커뮤니케이션은 어떻게 하고 있나요?

우리 서점만의 SNS 핵심 스토리텔링은 무엇인가요?

홍보란 불특정 다수를 향할 수밖에 없죠. 하지만 서점을 홍보하는 일은 책의 성격과 서점의 성격에 맞는 타깃팅이 필요해요. 저는 삼십 대 중후반에서 육십 대 분들을 염두에 둡니다. 동네 서점이어서 평일에는 동네에서 생활하는 분들이 보는 SNS가 필요해서 네이버 블로그로 소통하고 있어요. 제가 글을 길게 쓰는 편이라 사진 중심의 인스타그램은 맞지 않더라고요. 지명도가 낮은 서점이라 홈페이지보다 포털사이트 블로그를 이용합니다. 정리하자면 블로그를 작성하고 페이스북으로 공유합니다.

블로그는 서점, 출판사, 주인장 이야기로 나뉩니다. 서점 카테고리는 '서점 안의 책'으로 서점의 책들을 표지로 보여주고 네이버 책 서비스와 연결했어요. '이달의 책'을 선정 이유와 함께 적고 있어요 '책 한 줄'은 책에서 소개하고 싶은 구절을 적습니다. '바람길 소식란'에는 서점 이벤트(책맥의 밤, 독서 모임, 궁궐 연구 모임)를 알리고 신청을 받습니다. '독자의 서재'는 서점을 자주 찾는 분들을 인터뷰하고 그분이 읽은 책을 소개하는 자리입니다. '오늘 서점'은 일종의 서점 일기인데요. 블로그에 들어온 분들이 서점에서 어떤 일이 있었는지를 알 수 있는 공간이기를 바랍니다. '주인장 이야기'는 주인장의 마음 상태와 여행 사진을 올립니다. 다른 카테고리는 존댓말로 소통하지만, 이곳만큼은 자유로운 어투로 저를 표현하고 있습니다.

바람길의 핵심 스토리텔링은 무엇인지 고민되네요. 블로그를 통해 무엇을 이야기하고 싶은 걸까, 그저 서점을 알리는 수단으로 생각하는 건 아닌가, 블로그에 다른 핵심 요소가 있어야 하지 않을까, 라는 생각 말이죠. 바람길 홍보의 기본은 서점의 책을 알리고, 서점의 일상을 공유하고, 주인장의 생각을 담는 것입니다. '여기 서점이 있어요'를 외치는 것에서 나아가 다른 무언가를 찾아야 할 시점이라고 생각합니다. 그래서 이 질문이 참 고마웠어요. 조만간 바람길 블로그에서 다른 무언가를 시작하려고 합니다.

서점에서 일하는 것도 결국 '일'이기에
즐거움 못지않게 어려움도 있을 텐데요.
[5]기대했던 것과 달리 어려운 점이 있다면 무엇인가요?

하고 싶은 것과 해야 하는 것 사이에서 발생하는
스트레스는 없나요?

음…… 찬바람이 불면 문틈을 메워야 합니다.
조명을 교체할 때도 있고 대청소도 해야 합니다.
화장실에 휴지도 채우고 쓰레기도 버리고 문 앞에
주차한 차량 운전자에게 전화도 합니다. 불쑥불쑥
들어오는 종교인과 영업하는 분도 만나야 합니다.
회사로 따지면 총무, 경리, 보안 업무를 혼자 하는
겁니다. "슈퍼 파워"를 외치지 않으면 금세 지쳐요.
소소해 보이지만 꼭 해야 하는 일입니다.
　　　　　책을 읽는 것도 당연히 일입니다.
지금까지는 원하는 책만 읽었는데 이제는 많은
책들을 읽고 좋은 책을 선택해야 합니다. 읽고
싶은 책과 읽어야 하는 책이 나뉠 때도 있어요.
필요하지만 저를 힘들게 하는 일입니다. 아, 서점을
운영하며 책을 읽으면 훨씬 집중하게 됩니다.
다른 사람들에게 책을 추천하려면 작가의 생각과
저의 생각을 동시에 고려해야 하니까요. 그동안은
작가의 의도보다 책을 읽는 저에게 초점을
맞췄는데 이제는 작가를 중심에 두고 읽다보니
책 속에 숨은 다른 장치가 보입니다.

바람길

작가들이 보내온 입고 문의 메일을 읽는 것은 늘 즐겁습니다. 처음에는 대형 출판사의 편집자가 된 기분이었어요. 독립 출판물 입고 메일을 읽다보면 세상에 참 다양한 시각이 있다는 것에 놀랍니다. 공간이 한정적이라 입고하지 못하는 경우가 많아서 아쉽지만요. 바람길의 주 독자층이 독립 출판물에 관대하지 않은 점도 무시할 수 없어요. 작가의 시점은 자유롭지만 제작 사양에 비해 가격이 비싸다는 점도 저를 망설이게 합니다.

여행 서점을 운영하는 저는 당연히 여행을 좋아합니다. 서점 앞으로 공항버스가 지나갈 때마다 타고 싶다는 생각이 훅 스칩니다. 간혹 며칠간 여행을 가지만 직장을 다닐 때보다 시간적인 여유가 없는 게 사실입니다. 여행 서점이라는 핑계로 문을 닫고 여행을 떠나지만, 그 기간만큼 매출이 줄어들 거라는 걱정이 떠나지 않습니다. 월세라는 무서운 친구가 늘 동행하니까요. 회사를 다닐 때보다 즐겁게 일하지만 최대 10시간 근무라는 함정도 만만치 않습니다. 이 모든 더하기(+), 빼기(-)를 계산하면 그래도 더하기입니다. 그 더하기가 점점 커지길……
바람길 주인장의 유일한 소망입니다.

디자이너 나가오카 겐메이는 장기침체 시대일수록
사람들은 '제대로 된' 물건을 사고 싶어 한다고 말합니다.
물건을 사기 위해 공부하고 점원-제작자-구매자 간에
교류가 일어나기 시작하면서 '커뮤니티'라는 말이
사용된다는 겁니다. 그의 말처럼 전국 구석구석에 자리한
독립 서점은 책과 사람의 '관계'를 만드는 일을 통해
작은 커뮤니티를 형성하고 있습니다. 서점에서 일하며
책을 통해 사람과의 관계를 어떻게 만들어가나요?
[6]
책과 독자의 관계를 위해 어떤 '제안'을 하는지
궁금합니다.

바람길은 서점 주인이 읽고 추천하는 책으로만
서가를 운영합니다. 그래서 책이 많지 않아요.
다 팔린 책은 다시 들이지 않지만, 손님들이
좋아하는 책은 계속 구매하고 있습니다. 한 달 또는
두 달에 두어 권씩 책을 추가합니다. 편안하게
책을 살펴보는 걸 좋아하는 분들도 있지만, 가급적
책을 고르는 분들과 대화를 나누려고 합니다.
주로 여행서여서 가고 싶은 나라, 관심 있는
도시, 여행 스타일을 이야기하다보면 어떤 책을
원하시는지 파악할 수 있어요. 저의 여행 이야기를
나누고, 그분들의 여행 이야기를 들으며 '관계'가

바람길

만들어집니다. 여행이라는 주제는 신기해서
관계를 쉽게 이어줍니다.

블로그 '독자의 서재'에 올라오는 독자들의
질문이 도움을 주기도 합니다. 그분들이 소개하는
추천 여행지와 여행서를 보면서 제가 몰랐던
책을 알고 독자의 생각을 이해할 수 있어요.
중랑구 구립도서관에서 진행하는 '한 도서관 한 책
읽기'에도 참여하고 있습니다. 구민들이 1년 동안
한 권의 책을 읽자는 운동으로, 저희 서점이
배포처 중 한 곳이에요. 구민이라면 누구든지
책을 빌려 읽고 반납하면 됩니다. 다행히 호응도가
높아서 서점을 알리기에도 좋고 자연스럽게
관계를 이어가고 있습니다.

기타다 히로미쓰의 『앞으로의 책방』을 보면
소설에 등장하는 물건을 경매 형식으로 판매하는 책방,
아이들만 들어갈 수 있는 작은 방이 있는 서점,
잠을 자면서 본 꿈을 책으로 만들어주는
숙박할 수 있는 서점 등 다양한 형태의 새로운 서점을
소개하고 있습니다. 책방 문화의 최전선에서
[7]
앞으로의 책방/서점 문화는 어떻게 펼쳐질 것으로
예상하나요?

앞으로는 책방을 종이책을 읽고 사는 곳으로만 규정할 수 없을 겁니다. 글의 형태가 다양한 매체로 변하면서 책방도 변화할 겁니다. 전자책이 진화해서 홀로그램으로 나올 수도 있겠죠. 서점에 들어오면 홀로그램으로 책 속의 문장이 나타나고, 마음에 드는 글을 읽기 위해 눈에 힘을 주면 영상이 펼쳐지는 거죠. 책 속의 문장이 음악, 그림, 향기와 함께 표현될 수도 있고요. 지금은 책을 읽고 나누는 정도이지만, 미래의 독서 모임은 같은 책을 '읽는' 사람들끼리 각자의 이야기를 만들어 다른 책을 만들지도 몰라요.

　　　　많은 이들이 책과 서점의 미래가 어둡다고 합니다. 사람들은 책보다 영화나 드라마를 좋아하고 긴 글보다 짧은 글을 선호합니다. 하지만 영상물의 소재는 여전히 책에서 비롯하고 있죠. 인간은 누구나 나만의 생각을 남기고 싶은 욕망을 갖고 있습니다. 우리는 미래를 예측할 수 없기에 당연히 불안합니다. 그러나 현실을 살아가는 존재이기에 변화를 예측하고 준비해야 합니다. 저는 종이책을 좋아하지만 여행을 다닐 때는 전자책을 선호합니다. 상황에 맞는 변화가 우리에게 필요합니다. 가까운 미래에 다양한 주제의 서점이 생겨날 겁니다.

바람길

그럼에도 저는 '아날로그' 서점을 찾을 거예요.
사람들이 모이고 동네를 이야기하고 삶을
이야기하는 공간, 잠시 주인장이 자리를 비우면
동네 사람들이 서점을 봐주는 마을 빵집 같은 곳
말입니다.

바람길

1 서점 바람길은 서울시 중랑구에 위치해 있습니다. 동네에 서점이 많지 않은데, 시내가 아닌 이곳에 서점을 연 이유가 궁금합니다.

2 바람길을 찾는 손님은 주로 동네 이웃인가요?

3 서점을 운영하며 도서 큐레이션에 어떤 변화가 있었나요?

4 책이 서점에 입고되는 과정을 소개해주세요. 출판사와 직거래를 하나요?

5 서점에서 독서 모임, 필사 모임, 글짓기 모임 등 다양한 독자 참여 프로그램을 운영하고 있습니다. 동시에 출판사도 운영하고요. 생각보다 해야 할 일이 많은 작은 서점을 꾸릴 때 꼭 기억해야 할 것이 있다면요?

6 책, 음료, 프로그램 참가비 등 매출 비율은 어떻게 되나요?

7 서점이라는 공간은 책과 사람이 만나는 공간이죠. 책방이 어떤 모습으로 기억되길 바라나요?

1

바람길을 찾는 분들마다 말씀하세요. "이런 곳에
서점이 있네요?" 물론 고민이 많았어요. 처음부터 이곳에서
하려고 했던 건 아니었어요. 서울 종로구부터 중랑구까지
여기저기를 알아봤어요. 서점 테마가 '여행 서점'이어서
시내에 위치하는 게 낫다고 생각했거든요. 그런데 그곳에서
서점을 하면 생활의 근거지를 바꿔야겠더라고요. 문득
이런 생각이 들었어요. '왜 우리 동네에는 서점이 없지?'
이곳에 서점을 연 이유는 하나예요. 제가 사는 동네니까요.
중·고등학교도 이곳에서 나왔고요.

서점을 하기 전에는 대학에서 전산을 전공하고 시스템
분석 설계 분야 프로그래머로 일했어요. 제 적성에 잘
맞았어요. 그런데 일만큼 책이 좋더라고요. 어릴 때에도
명절에 용돈을 받아서 서점에 가는 게 좋았는데, 2014년
여행을 떠났는데 서점이 보일 때마다 들어가게 되는 거예요.
너무 예뻐서 아직도 눈에 선한 서점, 바닥에 앉아서 어른이
아이에게 책을 읽어주는 서점, 저자 사인회와 연주회를 여는
서점이 참 좋았어요. 서점을 할 수밖에 없었던 거죠.

서점 문을 열기까지 1년이 걸렸어요. 1년간 바리스타
자격증을 따고, 책도 부지런히 읽어서 리스트를 만들었어요.
그러다가 중랑구 도서관에서 운영하는 '사람책'이라는
프로그램을 알게 되었어요. '휴먼북'이라고 사람을 대출해서

책처럼 읽는 건데, 저는 '세계 여행' 책으로 등록되어 있어요. 저를 대여하면 함께 여행 이야기를 나누는 거예요. 국내뿐만 아니라 해외에서도 진행되는 프로그램인데, 어떤 도시에서는 '사람책 대여하는 날'이 있어서 광장에 '사람책' 사람이 앉아 있으면 자신이 원하는 사람책을 찾아가 대화를 나눠요. 저의 활동을 보고 중랑구 방송국에서 촬영도 오고, 주민센터에서 여행 콘서트도 했어요. 그러는 사이 제가 사는 동네에서 많은 일이 일어나고 있다는 것을 알았어요. 사람들이 무언가 열심히 하고 있구나, 구청도 손 놓고 있는 게 아니라 동네를 위해 고민하고 있다는 걸 알았어요. 그렇다면 내가 사는 동네에 서점을 열어도 괜찮지 않을까 싶었어요.

2

바람길을 찾는 손님의 80퍼센트는 동네분들이에요. 요즘엔 인스타그램 등을 활용해서 서점 투어를 하는 분들도 많이 찾아오고요. 연령이나 성별은 다양해요. 이삼십 대도 오시고, 연세 드신 분들도 오세요. 직장 생활을 하다가 은퇴한 분들은 인생을 정리하는 의미로 책을 쓰고 싶어 하셔서 독서 모임을 찾으세요.

소규모 서점은 젊은 독자를 고객으로 여기지만, 바람길은 좀 달라요. 우선 제가 이삼십 대 감성을 제대로

이해하지 못해요. 서점 옆에 창고형 할인 마트가 있는데,
거기에서 일하는 분들도 자주 오세요. 그분들에게는
거의 매점 같은 공간이랄까요. 그분들이 카페 매출을
올려주고, 월세를 만들어주세요.

바람길 공간은 길게 트인 구조가 특징이에요.
이곳에 서점을 열기로 한 이유죠. 서점을 하며 전시회도
열면 좋을 것 같아서 덜컥 계약했는데, 고맙게도 바로 옆에
400명이 근무하는 회사가 있더라고요. 게다가 24시간
근무예요. 오전 10시부터 밤 10시까지 12시간 운영되지만
상품 진열 등을 위해 24시간 교대로 움직이는 곳이거든요.

서점 주변에 삼사십 대 1인 가족도 많아요.
저는 결혼했지만 아이는 없어요. 그래서 2019년 하반기부터
1인 가족을 대상으로 모임을 갖고자 합니다. 바람길이
서로의 생사를 확인하는 공간이 되기를 바라는 마음이에요.
그 밖에도 '마을넷'이라는 마을 모임에 서점을 알리고,
두 달에 한 번씩 저의 세계 여행기를 나누는 콘서트도
준비하고 있습니다.

3
어떤 책을 서점에 두느냐는 무척 중요합니다.
바람길도 큐레이션을 합니다. 다만 미리 선정한 도서 목록을
조금씩 푸는 편이에요. 리스트를 만들어놓고 그때그때

출간되는 신간을 섞는 거죠. 오랜만에 오신 분들이 '책이 좀 쉬워졌다'고 말하는 걸 보면 처음보다 책의 구성이 다양해진 것 같아요.

서점을 하고 나서는 서점에서 읽는 책과 집에서 책을 구분해서 읽어요. 서점에서는 서점과 관련된 책이나 독서 모임에서 나눌 책을 읽고, 집에서는 제가 좋아하는 책을 보는 거죠. 하루 일을 마치고 추리소설을 읽거나 예전에 읽었던 책을 다시 찾거나 만화책이나 그래픽노블을 읽습니다.

4

서점 일의 핵심은 어느 출판사에서 책을 어떻게 공급받느냐에 있죠. 바람길은 출판사와 현금 직거래로 책을 받고 있습니다. 이곳은 북센, 송인 등 대형 도매상이 닿지 않는 곳이에요. 그게 아니더라도 달랑 몇 권 주문하는데 대형 도매상과 거래하기는 어려워요. 서점을 준비하며 염두에 둔 출판사들에게 메일을 보내서 책을 받았어요. 출판사와 몇 퍼센트에 책을 받을지(공급률)를 논의한 뒤 도서 대금을 송금하고 책을 받습니다.

5

서점의 일이 책을 판매하는 것만으로 이루어지지는 않아요. 바람길은 독자들과 함께하는 프로그램이 많습니다.

한 달에 책 한 권을 정해서 읽는 독서 모임을 하고,
매달 마지막 금요일에는 맥주 한잔하며 책을 읽는 '책맥밤
(책과 맥주가 있는 밤)'을 합니다. '여행지 연구'라는
프로그램도 있어요. 여행을 떠나기 전, 그 나라에 어울리는
책과 영화를 보고 음악을 듣고 여행지를 선택해서 자료를
엮어 여행을 가요. 여행을 마치고 돌아오면 그걸 묶어서
책으로 만들고 있습니다.

　　각각의 모임마다 오시는 분들의 성향이 달라요.
독서 모임은 프리랜서들이 찾다가 지금은 사회복지사나
상담사 등 오전 시간이 편한 분들이 오세요. 글짓기 모임은
제각각이에요. 글을 쓴다는 게 좀 무섭잖아요.
나를 표현하는 거니까. 내가 쓴 글을 다른 사람이 읽어야
글을 고칠 수 있고요. 그래서인지 '각자가 편집자가 되어서
글을 쓰자'는 목적을 이해해주는 분들이 오세요.
서점이라는 공간은 힘이 있어요. 바람길은 공간 대여비가
없고, 음료 한 잔만 주문하면 공간을 쓸 수 있어요.
그러니 자주 이용해주세요. 작은 공간에서 이런저런
모임이 열리는 게 재밌어요.

　　작은 서점은 일이 많아요. 서점, 출판사, 이벤트 등
업무를 챙기다보면 하루에 10시간 이상 일하는 것 같아요.
월요일부터 일요일까지 매일 근무하다가 지금은 한 달에

두 번, 둘째 넷째 일요일은 쉬고 있어요. 회사로 치면 저는
아직 신입 사원이에요. 지난해까지는 인턴이었던 거죠.
여러 이벤트를 열고, 출판 제작비 등이 들어서인지 신입
사원이 되었는데 인턴 시절보다 돈은 더 없네요. (웃음)
그래도 신입이 되자마자 휴가를 챙겼어요. 1월 1일 승진
프로모션을 스스로 한 셈이죠. 다행인 건, 18년 동안 직장을
다녀서인지 일에 대한 스위치 온/오프가 잘 되는 편이에요.
몸과 마음이 소진되면 서점을 늦게 열거나 일찍 닫는 등
요즘 회자되는 '워라밸'을 스스로 챙기는 편입니다.

•

독일에는 '서점 학교'라는 게 있다고 해요. '서적
판매사'라는 전문 영역이 따로 있는 거죠. 그걸 참조해서
2019년에는 독립 출판물을 소개하는 시스템을 만들고
싶어요. 서지정보시스템에 들어가도 독립 출판물은
볼 수 없거든요. 독립 출판 서지정보가 시스템에 연계되면
좋지 않을까요? 물론 개인의 노력만으로는 힘들어서
기관의 도움이 필요하겠지만요.

저는 독일처럼 유통과 도매가 분리되어야 한다고
생각합니다. 소규모 유통사는 유통만 하는 거죠.
저도 물류만 담당하는 유통사와 계약을 맺으려고 합니다.
우리나라는 유통에 도매까지 포함되어서 서점 운영이 쉽지

않아요. 도매가 없다면 어떻게 책을 공급받을까를 생각하면
어떨까요? 바람길처럼 출판사와 직거래로 하는 방법도
있을 테고요. 무엇보다 서점을 운영하는 사람들이 의식이
있어야 한다고 생각해요. 도매상 때문에 서점이 편의점이
되어버렸지만, 색깔 있는 책을 독자에게 직접 소개하는
작은 서점이 많아지기를 기대합니다.

•

바람길은 서점과 출판사를 동시에 운영하고 있어요.
『집순이 줄리아Julia의 Enjoy Your Staycation』(보라콩 지음)과
『Korean Food 102』라는 한국 음식을 소개하는 영어책을
펴냈습니다. 『Korean Food 102』는 뉴욕 도서전과 테헤란
도서전에도 출품했는데 아직 판권 계약 등 반응은 없어요.
다행히 직접 보면 사고 싶은 책이어서인지 교보문고에서
꾸준히 판매되고 있습니다.

2018년에는 음식, 궁, 길을 주제로 3권을 출간하려고
했는데 어떨지 모르겠어요. 제가 취재하고 글을 쓴 '궁'을
주제로 한 책이 곧 나옵니다. 2017년 6월 제주도를 갔다가
'길'을 주제로 책을 만들자고 생각했는데 그건 해를 넘길 것
같아요. '1년에 3권만 내자'고 생각하며 출판사를 병행하고
있습니다. 참, 그림 책방도 하고 싶어요. 제가 그림책을
좋아해서 그래픽노블처럼 성인을 위한 그림 책방을

마음에 품고 있습니다.

6

아직까지 서점 매출은 카페에 의존하는 편이에요.
카페 매출로 공간을 운영하고 있어요. 책 판매 수익은
책을 구입하는 데 사용해요. 책에 일정 금액을 책정해놓죠.
그 금액 안에서 운영합니다. 독서 모임 같은 프로그램은
개인 용돈으로 충당하고 있고요. 배우자가 없었다면
어려웠을 거예요. 저도 중간중간 '프로그래머를 다시
할까?'라는 유혹을 받거든요. 그런데 지금까지 한 번도
뭔가를 빨리 시작한 적이 없었어요. 다른 사람과 똑같이
하거나 한 걸음 늦었죠. 그나마 제2의 인생을 다른 사람보다
조금 빨리 준비했다는 생각으로 흔들리는 마음을 다잡곤
합니다. 2018년 5-6월에는 마음을 다잡고 미친 듯이 일을
벌였어요. 중랑구에서 신춘문예를 모집했는데, 글을 써서
상을 받았어요. '여기 서점이 있어요'를 알리고 싶었어요.
제목은…… '나는 서점 주인이다'였어요.

7

바람길은 오롯이 저를 드러내는 공간입니다. 그래서
처음 책방을 열고 적잖이 부끄러웠어요. 이 공간이
저였으니까요. 책은 물론 벽에 걸린 그림도, 책 속 문장도
저거든요. 맥주와 커피도 제가 좋아하는 것으로 가져다

놓았고요. 아무튼 그렇게 바람길이 지금에 이르렀습니다.
아침에 출근하면 어떤 책이 새로 나왔나 살피고,
출판 관련 사이트에 들어가서 새로운 사업 공고를
확인합니다. 누구든지 자주 찾아오는 공간이기를 바랍니다.
서로 생존을 확인하는 자리가 되고, 책을 읽고 그림을 보고
사진을 보고 내가 읽은 책을 이야기하는 공간.
그런 문화적인 공간이 되고 싶습니다. 그런데 그 서점,
커피도 맛있더라, 뭐 그렇게.

책방을 문화로
전하는 일

진행·정리 윤동희

밤수지맨드라미
북스토어
이의선 대표

주소. 제주시 우도면 우도해안길 530
영업시간. 매일 10:00-18:00 (비정기 휴무)
Instagram. @bamsuzymandramy.bookstore

지금 책방은 힙한 공간으로 인식됩니다.
인증 샷은 기본이고
책을 소품으로 여기는 듯해요.
책방지기로서 바람이 있다면
자기가 어떤 책을 들고 있었는지,
그것만이라도 알았으면 하는 마음입니다.

독립 서점을 운영하게 된 혹은 일하게 된 동기가
궁금합니다. 어째서 책방이 하고 싶었나요?
일하는 공간이 책방이어야 한 이유는 무엇이었나요?

제가 사는 곳은 우도입니다. 제주에서 배를 한 번
더 타야 만날 수 있는 곳이죠. 처음 우도에 와서
동네를 돌아다니며 놀랍고 신기했던 게 생각나요.
낮에는 사람들로 섬이 꽉 차오르고, 좁은 해안
도로로 끊임없이 오토바이가 다니더니, 마지막
배가 떠나고 나면 그야말로 세상 가장 고요한
곳, 한적한 시골 동네가 됩니다. 마치 신데렐라가
마법에 걸렸다 풀려나 평범한 일상으로 돌아가는
것처럼 말이죠. 대부분의 가게들이 배가 다니는
시간에 맞춰 문을 열고 닫아요. 그런 이유여서인지
관광객의 시간이 아닌, 이곳에 사는 사람,
나의 호흡에 맞는 공간을 원했어요.

무엇보다 우도에 책방이 없었습니다. 책을
만나는 방법은 첫째, 배를 타고 나가서, 다시
자동차를 타고 1시간을 달려 시내에 나가기,
둘째, 인터넷으로 주문하기, 셋째, 우도의 작은
도서관에 가는 방법뿐이었죠. 첫 번째 방법은
시도조차 못했고, 두 번째와 세 번째 방법으로 책을

만날 순 있었지만 단지 책이 그리워서가 아니라
내가 가고 싶은 책방의 공기가 그리웠습니다. 왜?
우도에는 책방이 없을까? 동네에 책방 하나쯤
있어야 하지 않을까? '누가 좀 열어주지' 했던
생각과 바람은 가게를 해보지 않겠느냐는 이웃의
제안으로 이어져, 저와 남편은 누구랄 것도
없이 '책방을 열자!' 했습니다. 또 하나는 책방은
왠지 한가할 것 같아서…… 였어요. 장사는 영
자신이 없었고, 우도에서 치열하게 마음 졸이며
지내고 싶지 않았거든요. 책방이라면 우리의
속도와 비슷할 거라 생각했고, 우리와 생각이
비슷한 사람들이 오지 않을까 하는 막연한
기대감이 있었어요. 책방은 문화예술과의 경계를
자연스럽게 이어주는 공간이에요. 책방을 통해
전시를 열고, 공연도 하며 우리가 행할 수 있는
모든 다양성을 실험할 수 있는 가장 자유롭고
창의적인 공간이라고 생각했어요.

문을 열고 닫을 때까지,
서점의 구체적인 하루 일과가 궁금합니다.

오전 10시에 문을 엽니다. 책방으로 출근하는 길은

밤수지맨드라미 북스토어

지하철도 버스도 아닌 도보로 5분이에요. 일부러 조금 천천히 걸으며 사진도 찍다보면 집을 나선 지 15분 만에 도착해요. 그 출근길부터 서점의 하루가 시작됩니다. 책방 문을 열고, 오늘의 음악부터 선곡합니다. 그 뒤에 오늘의 책을 선정하고 (책 한 권이 보이는 작은 쇼윈도에 그날의 날씨와 느낌에 맞춰 책을 놓아둡니다.), 청소를 합니다. 특히, 겨울의 우도는 바람이 무척 세서 염분이 붙어 희뿌옇게 된 창문을 깨끗하게 닦아내요(이게 은근히 귀찮은 일이에요). 잠시의 육체노동을 마치면 제가 가장 좋아하는 시간인 물을 끓이고 커피를 내려 마시며 바다를 바라보는 잠시 멍~한 시간을 갖습니다. 그리고 인스타그램에 책방 소식을 올리고, 메일을 확인하고, 책을 찾고 작가를 찾는 등 인터넷을 하다보면 우체국 택배가 도착합니다 (보통 개인이 보내는 독립 출판물의 경우 배송비 때문에 우체국 택배로 배송을 부탁드려요). 책을 확인하고 입고 업무를 하다가 정오가 넘어가면 하나둘 손님을 맞습니다. 중간 중간 틈틈이 점심 도시락을 먹고, 오후 택배를 받고(우체국이 아닌 모든 택배), 꾸벅 졸다가 문을 닫는 오후 6시까지 손님들과 함께합니다. 손님이 돌아가면, 낮에 하지 못한

업무를 합니다. 메일에 답을 보내고, 책 주문을
하고, 내일 할 일을 확인하고 퇴근 준비를 해요.
퇴근은 7시쯤인데, 때때로 야근을 합니다. 특히
매월 말일과 초에는 재고 조사와 정산 업무로 가장
바쁘게 보냅니다.

우리에게 '츠타야'로 알려진 컬처 컨비니언스 클럽[CCC]의
최고경영자 마스다 무네아키는 수많은 플랫폼 가운데
고객에게 높은 가치를 부여할 수 있는 상품을 '선택'하고
'제안'하는 곳이 살아남는다고 말합니다. 대형 온오프라인
서점이 존재하는데도 굳이 독립 서점을 찾는 것도 서점들의
고유한 '제안 능력'에 매력을 느끼기 때문일 텐데요.
우리 서점에 적합한 책을 고르는 기준,[3]
우리 서점만이 가진 서가 운영 원칙이 궁금합니다.

오래 함께하고 싶은 책, 꼭 있어야 하는 책, 알아야
하는 이야기에 집중합니다. 이른바 잘 팔리지 않는
책들은 대개 꼭 있어야 하는 책인 경우가 많거든요.
수많은 책들 사이에 숨어 있는 보석 같은 책을
찾아내고 싶어요. 무엇보다 장르를 구별하지 않고,
어떤 주제를 이야기하는지 주목합니다. 자연,
생태, 시골, 해녀, 예술, 여행, 그리고 삶의 태도와

마음을 이야기하는 책들이 좋아요. 주제를 정하면 독립 출판물을 포함해 장르 구분 없이 다양하게 골라요. 그리고 반드시 옛날 사람과 요즘 사람들의 이야기를 함께 소개하려 합니다. 예를 들어 헬런 니어링과 스코트 니어링의 『조화로운 삶』과 노석미 작가의 『서른 살의 집』 『먹이는 간소하게』 등을 함께 놓아두는 거죠. 세대를 뛰어넘는 생각과 가치관을 자연스럽게 보여주고 싶어요. 독립 출판물을 모은 곳은 아무래도 이삼십 대 젊은 작가들의 감성이 짙게 스며 있는데, 여기에 김연수 작가의 책을 함께 진열하기도 합니다.

독립 출판물을 출간하는 젊은 작가들의 책을 최대한 많이 소개하려고 합니다. 책방을 준비할 때 많은 출판사에 전화를 돌리고, 메일을 보내 책을 받을 수 있는지 문의했었는데 거절을 당한 경우가 많았어요. 그때를 떠올리며 좋은 책을 찾는 책방지기의 마음과 자신의 책을 소개할 책방을 찾는 작가의 마음이 닮았다고 생각해요. 저는 이미 지나왔지만 그 세대만의 고민과 아픔을 담고 있고, 그들의 생각을 읽을 수 있어서 저에게 독립 출판물은 고마운 존재거든요.

인스타그램, 페이스북 등 SNS 마케팅은 선택이 아닌
필수가 되었습니다. 『마케터의 일』의 저자 장인성 씨는
경험을 저장하고 공유하고 인출하고 성장시키는 데
소셜미디어가 좋은 수단이 된다고 말합니다.
[4] SNS를 통한 고객과의 커뮤니케이션은 어떻게 하고 있나요?
우리 서점만의 SNS 핵심 스토리텔링은 무엇인가요?

우도는 물리적으로나 심리적으로 먼 곳이에요.
그래서 인스타그램과 블로그로 소식을 전하고
있어요. 주로 인스타그램으로 소식을 전해요.
신간 입고와 좋아하는 책을 소개합니다. 때때로
우도 소식과 생활을 올리기도 해요. SNS를
하다보면 흥미로운 게 있어요. 책 소개를 열심히
작성한 날과 날씨가 좋아 책방 앞 바다 소식을
올린 날의 '좋아요' 수가 상당히 차이가 나는
거예요. 책 소개를 열렬하게 했는데도 사람들의
공감을 이끌어내지 못했다는 생각이 들면 저도
모르게 '좋아요' 숫자에 민감해지곤 했어요. 그런데
밤수지맨드라미 소식을 보는 분들은 도시에 사는
분들이 많을 테니 자연을 그리워하는 건 당연하겠죠.
저도 그랬었고요. 그래서 지금은 책방을 중심으로
생기는 우도 소식을 함께 전하고 있어요.

무엇보다 멀고 먼 우도 책방을 찾는 분들이
있다는 게 신기하고 고마워요. 개점한 지 고작 1년
8개월 된 서점에 2회 이상 방문해주신 분들도 꽤
계세요. 비행기를 타고 배를 타고 그렇게 오시는
거잖아요. 편지 한 장 슥~ 전해주시거나 그림을
남겨주시는 분도 계시고요. 책을 입고 받을 때
정성 가득한 손 편지를 넣어주는 작가들도 계세요.
일상의 따뜻함과 고마움, 소소하지만 풍요로운
마음을 나누고 전하고 싶어요. 온라인에서 나누는
가장 뜨거운 마음을요. 마지막으로 블로그는
인스타그램에 미처 전하지 못한 뒷이야기를
올리거나 조금 다른 시선으로 관찰한 책방의
단상을 올립니다.

서점에서 일하는 것도 결국 '일'이기에
즐거움 못지않게 어려움도 있을 텐데요.
⁵기대했던 것과 달리 어려운 점이 있다면 무엇인가요?
하고 싶은 것과 해야 하는 것 사이에서 발생하는
스트레스는 없나요?

앞에서 이야기했듯이, 책방이 조금 느리고
한가할 것 같았는데 웬걸요. 생각보다 해야 할 일이

너무 많아서 반전의 맛을 톡톡히 보고 있어요.

어릴 적 동네 서점에 대한 기억은 책을
고르고 읽는 사람들의 모습, 한구석에 쪼그리고
앉아 누가 뭐라 하든 책을 읽는 사람, 사르륵 책장
넘기는 소리와 속삭이는 목소리가 떠오릅니다.
그런데 지금의 책방은 책이라는 본질을 넘어
트렌디하고 힙한 공간으로 인식되는 것 같아요.
책방에 들어서자마자 인증 샷은 기본이고, 연출
샷 등 책을 소품으로 여기는 모습을 마주쳐요.
개점 초기에는 예민하게 느꼈는데 이제는 이곳이
관광지라는 특수성으로 인해 생겨나는 자연스러운
현상이라 받아들입니다. 다만, 책방지기로서
바람이 있다면 자기가 어떤 책을 들고 있었는지,
그것만이라도 알고 갔으면 하는 마음입니다.

최근 독립 서점이 문화 트렌드가 되면서
책방마다 특색이 있어야 하고, '책방 투어'라는
여행 콘텐츠까지 등장할 정도로 관심이 뜨겁습니다.
그럼에도 책방들의 고민은 '책이 안 팔려요'가
아닐까요. 저 또한 고민이지만, 책을 봐달라고
욕심을 부리기보다 책방이라는 공간을 문화로
전하는 것. 이 점이 가장 하고 싶은 일이자 동시에
해야 할 일이라 생각합니다.

디자이너 나가오카 겐메이는 장기침체 시대일수록
사람들은 '제대로 된' 물건을 사고 싶어 한다고 말합니다.
물건을 사기 위해 공부하고 점원-제작자-구매자 간에
교류가 일어나기 시작하면서 '커뮤니티'라는 말이
사용된다는 겁니다. 그의 말처럼 전국 구석구석에 자리한
독립 서점은 책과 사람의 '관계'를 만드는 일을 통해
작은 커뮤니티를 형성하고 있습니다. 서점에서 일하며
책을 통해 사람과의 관계를 어떻게 만들어가나요?
⁶
책과 독자의 관계를 위해 어떤 '제안'을 하는지
궁금합니다.

밤수지맨드라미는 낮에 만날 수 없는 심야책방
〈책 헤는 밤〉을 운영하고 있어요. 밤이 늦도록
책방 문을 열어 둡니다. 오롯이 책을 고르고
편안하게 읽는 환경을 제공하는 거예요. 아무래도
밤 시간이라 우도에 머무는 분들만 함께할 수
있기에 좀 더 특별한 시간을 보내다 갈 수 있어요.
가끔 책을 추천해달라는 경우가 있는데,
가장 긴장되면서도 조심스러운 순간이에요.
동시에 살짝 흥분되면서 설레기도 합니다.
책방에 오신 분들과 대화를 나눌 기회가 생기면
책방의 느낌을 여쭤보는 편이에요. 책 구성에 대한

의견도 듣고 함께 있으면 좋을 책을 추천받아요. 손님이 고른 그 책이 얼마나 정성껏 만들어졌는지, 얼마나 멋진 작가인지, 책을 만든 출판사의 소식도 함께 전합니다.

기억에 남는 일화가 있어요. 서울에서 여행을 온 손님이었는데 책을 추천해 달라 하셔서 한 권을 골라 드렸어요. 그 후, 손님에게 연락이 왔어요. 그 책이 마음에 들어 지인들에게 선물을 하고 싶다며 책을 보내달라고 말이죠. 심지어 30권을 주문하셨어요. 서울에서 간단하게 인터넷으로 주문하면 이틀이면 받을 걸 알면서도 가장 먼 우도의 작은 책방에 책을 주문하신 거예요. 고맙고 미안한 마음이 들어서 온라인 이용을 권해드렸더니 "밤수지맨드라미에서 추천을 받아 알게 된 책이니까 밤수지맨드라미를 통해 좋아하는 사람들에게 선물하고 싶어요"라고 말씀해주셨어요. "책방 도장을 찍어서 종이봉투와 함께 보내주세요"라는 말을 덧붙이며. 나중에 책을 받으시고 인증 샷도 보내주시고, 선물 받은 지인은 덕분에 좋은 책을 알게 되고, 우도에 책방이 있다는 것도 알게 되었다며 블로그에 후기를 남기셨어요.

책방이라는 공간에서 낯선 누군가를 만나고

이야기를 나누는 것. 그 과정은 책을 사고파는 것을
넘어 그 이상의 마음과 가치를 나누는 경험입니다.

기타다 히로미쓰의 『앞으로의 책방』을 보면
소설에 등장하는 물건을 경매 형식으로 판매하는 책방,
아이들만 들어갈 수 있는 작은 방이 있는 서점,
잠을 자면서 본 꿈을 책으로 만들어주는
숙박할 수 있는 서점 등 다양한 형태의 새로운 서점을
소개하고 있습니다. 책방 문화의 최전선에서
앞으로의 책방/서점 문화는 어떻게 펼쳐질 것으로
예상하나요?

독립 출판물의 레이블 역할이 좀 더 활성화되길
기대합니다. 독립 출판물 시장은 앞으로
다양해지고 확대될 것입니다. 동네 책방에 독립
출판물의 가교 역할을 하고 있지만,
책방 고유의 성격과 결을 함께하는 작가들과의
협업이 이루어지기를 기대합니다. 젊은 작가들의
창의적이고 실험적인 생각들이 독립 출판물을
통해 실현되도록 다양한 레지던시 프로그램도
생겨나길 기대합니다.

밤수지맨드라미 북스토어

1   '밤수지맨드라미'는 제주, 그 중에서도 '우도'라는 장소성을 떼어놓고
    설명할 수 없습니다. 지금의 장소를 선택한 이유는 무엇인가요?
    우도에서 서점을 한다는 것은 어떤가요? 우도이기 때문에 누리는
    행복, 반대로 그렇기에 어려움도 있을 텐데요. 그럼에도 저성장 시대에
    '로컬'에서 자신의 일을 시작하는 이들이 많아질 겁니다.
    지금 그 일을 하고 있는 이들에게, 앞으로 그 일을 고민하는 이들에게
    해주고 싶은 말이 있다면요.

2   제주는 그 어느 지역 중에서도 독립 서점이 많은 곳입니다.
    그래서일까요. 이제는 제주에서 서점을 한다는 것이 더 이상 특별한
    일이 아닌 것처럼 보이기도 합니다. 일명 '제주 이민'으로 불리는
    제주에서 다음의 삶을 준비하는 추세도 시들해졌습니다. 제주에서
    살며 일을 하는 사람으로서 '지금-여기'의 제주는 어떤 모습인가요?

3   '밤수지맨드라미'라는 서점 이름이 독특하고 예쁩니다. 서점 이름은
    무슨 의미인가요? 서점 이름을 짓게 된 동기는 무엇인가요?
    어떤 서점이 되고 싶어서 그런 이름을 짓게 되었나요?

4   독립 서점의 매력은 대형 서점의 베스트셀러 순위와 다른 결과를
    눈으로 확인할 수 있다는 건데요. 어떤 책이 잘 팔리나요? 지금까지
    우리 서점에서 가장 잘 팔린 책은 무엇입니까?

5   대부분의 독립 서점은 독서 모임, 북 토크 등 다양한 모임과 행사를
     운영하고 있습니다. 그런데 밤수지맨드라미는 우도라는 지역적 이유로
     그런 활동이 쉽지 않을 것 같은데요. 그런 부분에서 아쉬움은 없나요?
     수많은 독립 서점 중 '밤수지맨드라미'만의 방식으로 하고 싶은 일은
     무엇인가요?

6   앞으로 어떻게 살아가고 싶나요?

1

저는 서울에서 태어나 30년을 넘게 살았어요.
짧은 여행을 제외하곤 서울을 벗어난 적이 없었어요.
그곳에서 사는 것도, 바쁘게 일상을 영위하는 것도
당연했어요. 좋아하는 회사에서 좋아하는 일을 하다보니
주말도 없이 일하고, 야근을 밥 먹듯이 했어요. 그래도
좋았어요. 당시 손에 꼽는 유명 패션 기업의 홍보팀에서
일하며 인생이 달라졌어요. 회사는 다른 곳에서 시도하지
않은 아트 마케팅을 내세우며 다양한 프로젝트를
진행했어요. 음악, 미술 등 다양한 분야의 젊고 실험적인
작가들을 지원하고 협업했어요. 그때부터였을 거예요.
다른 사람들이 하지 않는 분야에 관심을 기울였던 게.

　　결정적으로 또 한 번의 변화가 있었어요. 예술가들을
만나 일하고 대화를 나누다보면 한결같이 '지역'과 '시골'에
관심을 갖고 있었어요. 회사 역시 그들의 이야기에 귀를
기울이며 자연스레 시골과 농촌으로 시선을 향했고요.
농촌의 아름다움을 현대적 시각으로 풀어가는 프로젝트를
진행하면서 수없이 지역을 드나들고 사람들을 만나며,
단순히 왔다 갔다 할 것만 아니라 지역에 살면서 그곳에서
필요한 일을 해보고 싶었어요. 그저 시골의 정취에 반한 게
아니라 어떤 일을 하면서 살지를 구체적으로 고민했어요.
날것의 아름다움을 발견해 나만의 방식으로 알리는 일을

해보고 싶었던 건지도 모르겠어요.

　　그러나 세상일이라는 게 의지만으로는 되지 않잖아요. 여러 가지 현실을 이유로 고민하던 저에게 단단한 용기와 행동으로 변화를 이끌어준 사람이 있었어요. 그 시절 애인, 지금의 남편이에요. 그림을 그리는 남편은 서울을 벗어나 한적한 시골에서 작업을 할 생각이었어요. 때마침 저를 만나고 있을 때라 우리의 '시골행'은 한 치의 어긋남 없이 일치했습니다. 연애 시절 캠핑을 즐겼던 저와 남편은 주말마다 서울을 떠나 자연과 가깝게 지내려 했어요. 그런 저희에게 가장 마음에 든 곳이 제주도였습니다. '제주도에서 살아보자'라는 생각으로 남편은 집을 구하려고 낡은 봉고차 한 대를 끌고 내려와 차에서 숙식을 해결하며 집을 구하는 데 매진했어요. 제주 이주 열풍이 불 때라 집값이 가파르게 오르고 있어서 집을 구하는 게 쉽지 않았어요. 저는 회사를 다녔던지라 주말에 제주에 내려가서 집을 보는 식으로 몇 달을 지냈어요.

　　그러던 어느 날, 남편에게 전화가 왔는데 몹시 흥분된 목소리로 '있잖아~ 마음에 꼭 드는 집을 찾았어!'라며, 당장 계약금 50만 원을 보내라고 했어요. 지금 선택하지 않으면 놓칠 것 같다고 말이죠. 제주도에 머물고 있는 남편이 마음에 꼭 드는 집이라고 하니 정말 괜찮은지,

어디에 있는지만 물어보고 계약금을 보냈어요.

그리고 '우도가 어디지?'라며 지도 검색을 하다가 뜨악하고 말았답니다. 도대체 여기가 어디야? 지금 생각하면 웃기는 이야기이지만 '극장은 있을까?'가 자꾸 떠올랐어요. 물론 우도엔 극장이 없어요. 하하.

많은 사람들이 물어봐요. 제주도도 아니고 우도에서 사는 이유를. 저는 이렇게 대답해요. 우도를 선택했다기보다 '마음에 드는 집'을 찾아서 오다보니 그곳이 우도였다고. 우도에 오자마자 저희는 집을 고쳤어요. 우리가 살 곳이니 스스로 고치고 싶었어요. 회사를 다니며 모은 돈과 퇴직금은 신혼 살림이 아닌 나무와 테이블 톱, 그라인더 등 자재와 장비를 충당하는 데 쓰였어요. 쉽지 않았지만 우리의 선택인 만큼 잘하고 싶었어요. 그렇게 3년 가까이 집을 고치며 시간을 보내며 동네에 적응하고, 시골의 정서를 이해하고, 우도를 알아가는 주민이 되었습니다. 우도를 알아가며 이곳에 서점 하나 없다는 것이 이상하게 느껴졌지만, 먹고살기 힘든 척박한 섬에서 살아온 이들에게 서점은 없어도 그만이었을 거예요. 그래서 우도에 서점은 꼭 필요하다 생각했어요.

처음부터 주민들이 올 거라 기대하진 않았어요. 카페나 식당이 아닌 서점을 동네 어르신들은 어려워하셨어요.

한 번은 우도에서 나고 자란 강영수 작가님이 당신의
고향에 책방이 생겼다는 소식을 듣고 입고하러 오셨어요.
또 한 번은 동네 삼촌이 어색한 목소리로 구경하겠다며
둘러보다가 '나도 어릴 적에 문학 소년을 꿈꾸며 방파제에서
시를 끼적이며 시간을 보냈었다'며 살아온 이야기를
꺼내셨어요. 일부러 책방에 손님을 모시고 온 어르신도
계셨어요. 우도에 이런 곳 하나쯤 있어야 하지 않겠느냐며
자랑하시던 모습에 저도 모르게 어깨가 들썩거렸죠.

　　우도에서 책방을 한다는 건 책을 파는 것보다 더 가치
있는 일을 하고 있는 건지도 모르겠어요. 그렇다고 책방을
통해 큰 변화를 꿈꾸기보다 바쁘게 살다가 가끔 쉴 때가
있잖아요. 어깨 너머 불어오는 바람의 느낌을 전하는 책방이
되고 싶어요.

　　지역을 기반으로 살아가려면 우선 그 지역을 충분히
알아야 합니다. 내가 살아온 정서와 전혀 다른 곳이니
내 몸과 마음이 지역을 받아들이고 이해하는 시간이
필요합니다. 반대로 지역 주민들에게도 낯선 나를 알아가는
시간이 필요해요. 내가 하고 싶은 것과 그들이 필요한 것의
접점을 찾는 경험을 꼭 해보시길 바랍니다.

2

안타깝게도 제주는 어느 때보다 빠르게 변하고 있어요. 제주의 자연은 변함없는데 이를 마주하는 사람들이 변하는 거겠죠. 제주를 선택했다면 자연에 순응하는 마음을 지니면 좋겠어요. 자연이 주는 풍요로움은 어느 것과도 비교할 수 없을 정도로 귀한 선물이니까요.

요사이 '제주 이주' 열풍이 시들해졌다는 뉴스가 자주 나오죠. 그렇다 해도 누군가에게는 여전히 절실하게 오고 싶은 곳일 거예요. 제주 이주, 제주 책방을 향한 관심이 유행에 그치지 않도록 운영자의 의지와 역할이 중요한 것 같아요.

3

서점 이름을 어떻게 지을까 많이 고민했어요. 책방을 준비하는 기간이 공사를 포함해 1년이었는데, 사업자등록증을 내기 직전까지 고민했어요. 수많은 후보 가운데 '맨드라미'가 있었어요. 어릴 적 동네에서 흔했던 꽃이었는데, 어느 순간 다른 꽃들이 그 자리를 차지하며 저에겐 추억의 꽃이 되었어요. 동네 책방도 잊고 있었던 기억이었기에 어릴 적 정겨웠던 추억을 책방에 담고 싶었어요. 그렇게 맨드라미를 알아보다가 바다꽃(연산호) '밤수지맨드라미'를 알게 되었어요. '밤수지맨드라미'는 제주 바다에서 많이 볼 수 있었던 매력적인 연산호인데, 환경

문제로 지금은 멸종 위기 생물이에요. 책이라는 것도
우리 삶에서 멀어져 가는 멸종 위기가 아닌가, 라는 생각에
'잊지 말자' '오래 기억하자'는 의미를 담아 책방 이름으로
정했어요.

산호는 물고기들의 놀이터예요. 산호가 건강해야
물고기도 건강하게 즐겁게 머물다 갈 수 있어요.
밤수지맨드라미는 그런 공간이 되고 싶어요. 책방을
찾아오는 손님들이 물고기가 되어 밤수지맨드라미 산호에서
즐거운 시간을 보내셨으면 합니다. 서로의 좋은 기운을
나누며 머물다 가길 바랍니다.

4

대형 서점에서 보이지 않는 혹은 미처 만나지 못한
책을 신기해하세요. '이런 책도 있었나?' 하는 거죠.
손수 제본까지 작업하는 김종완 작가의 단상집 시리즈를
좋아하세요. 『흩날리는 밤』 『달빛 아래 가만히』
『우리는 사랑을 사랑해』 『커피를 맛있게 마셔 잠이 오지
않으면』입니다. 우도 해녀 이야기를 동화로 풀어낸
고희영 작가의 『엄마는 해녀입니다』와 김소연 작가의
『한 글자 사전』이 그 뒤를 따르고 있습니다.

5

서점 개점을 준비할 때만 해도 '이것도 하고, 저것도

해봐야지' 머릿속으로 다양한 기획을 그렸어요. 그런데
막상 여니 책을 좋아하는 사람들을 만나는 모임의 성격보다
책방 자체의 공간을 친근하게 느끼게 해야겠다는 생각이
들었습니다. 우도는 마지막 배가 다녀가면(오후 5-6시 이후)
주민을 대상으로 하는 식당을 제외하고는 문을 닫습니다.
저도 책방을 운영하기 전에 저녁에 잠시 들러 음악을
듣거나 차 한잔하는 공간이 있었으면 했어요. 도시에서는
'그게 뭐라고' 할 정도로 간단한 거지만 우도에서는 쉽지
않아요. 어쩌면 나와 같은 생각을 가진 사람이 있을지도
모른다는 생각으로 저녁을 보낼 공간을 찾는 누군가를 위해
늦게까지 문을 여는 날을 갖자고 생각했어요. 마침 야근을
해야 하는 날이기도 했답니다. 그렇게 시작한 게 어쩌다
가끔 심야책방 <책 헤는 밤>입니다. <책 헤는 밤>에는
어떤 주문도 없이 그저 책을 읽거나 음악을 듣는 날이에요.
책과의 거리 좁히기를 시도하는 거죠.

　　과거에 인연이 있었던 뮤지션의 고마운 제안으로
공연이 열리기도 했어요. 이렇게 뜻밖의 제안이 오기도
하고, 거기에 재미난 기획을 더해 우리만의 <책 헤는 밤>을
만들고 있어요. 이 밤은 우도에 사는 주민이거나 최소 하루
이상을 묵는 사람만이 함께할 수 있다는 특별함이 있어요.

　　지난해에는 출판사 북노마드의 제안으로 『다가오는

백은영 식물 드로잉 展
다가오는 식물
The plant is coming

누구나 자기만의 '정원'이 있다.
내 마음을 빼앗고 나를 기분 좋게 만드는 것들로 둘러싸인 곳.
시간과 공간이 허물어지는 곳.
그 속에서 우리는 홀로 조용히 상상하고, 생각하고,
마음을 들여다보며 꿈을 갈망한다.
현실에서 잠시 벗어나 내면으로 산책하는 공간.
그곳에서의 쉼이 일상의 삶을 살아가게 하는 힘이 된다.

나는 식물을 그린다.
내가 식물을 그리는 건,
나만의 정원을 돌보고 가꾸는 작은 몸짓이다.

〈다가오는 식물〉中

밤수지맨드라미 북스토어

식물』 백은영 작가의 드로잉 전시를 처음으로 선보였습니다.
작은 전시 공간을 '공간 출렁출렁'이라고 이름을 붙였고,
현재 세 번째 전시를 준비하고 있습니다. 마음이 출렁이듯
파도가 출렁이듯 자유로운 두근거림이 언제나 출렁이면
좋겠어요.

조만간 <밤수지맨드라미 시 공모전>을 열 계획이에요.
언젠가는 작가를 모시고 우도에 하룻밤 머무는 1박 2일
<책 헤는 밤>을 진행하고 싶어요.

6

지금 그대로 살고 싶어요.

사랑하면서요.

천천히, 조금씩,
꾸준히,
그리고 스스로

진행·정리 윤동희

아마도책방
박수진 대표

주소. 경남 남해군 삼동면 동부대로1876번길 19
영업시간. 매일 12:00-17:00 화, 수 휴무
Instagram. @amado_books

책방을 오래오래 하고 싶어요.
나의 취향, 속도, 방향을 잘 알고
그것을 책이라는 매개를 통해 표현하는 책방,
남해의 감성을 드러내는 책방으로
기억되기를 바랍니다.

독립 서점을 운영하게 된 혹은 일하게 된 동기가
궁금합니다. 어째서 책방이 하고 싶었나요?
일하는 공간이 책방이어야 한 이유는 무엇이었나요?

3년 동안 다니던 회사를 그만두고 백수가 되었을 때,
처음부터 책방을 하고 싶다는 생각을 한 건
아니었어요. 당시에는 대학원에 진학할 생각이었고,
책은 좋아하긴 했지만 책을 파는 일로 생계를
유지한다는 것은 정말 상상하지 못했던 일이었어요.
　　　그런데 1년 넘게 백수로 지내면서 여행도 하고
다양한 경험을 하다보니 대학원에 가기가 너무 싫은
거예요. 머리가 많이 굳기도 했고 학업보다는 내가
좋아하는 일, 즐겁고 재미있는 일을 하고 싶었어요.
회사에 다니면서 저는 남이 시키는 일을 하기보다
제가 주도적으로 일하는 걸 좋아하는 성격이란 점을
느꼈고, 회사를 그만둘 때도 '넌 자유로운 영혼이라
언제든 그만둘 것 같았다'고 하던 동료들이 꽤
있었거든요. 그러다보니 저의 공간, 저의 가게를
운영하기로 마음을 먹게 되었지요.
　　　책방을 한 건 거창한 이유는 없어요.
책, 음악, 영화, 사진, 여행…… 제가 좋아하는 게
굉장히 많은데, 그중 생업으로 했을 때 접근하기

쉬운 것이 책을 파는 일이라고 생각했어요. 그래서
자연스럽게 책방이라는 공간이 저의 일터가
되었지요. 일하는 공간이 꼭 책방이어야 하는
이유도 딱히 있었던 건 아닌데, 조용하고 여유로운
분위기의 남해와 어울리는 공간을 만들고
싶었어요. 책을 메인으로 하면 제가 좋아하는
것들을 잘 녹여낼 수 있다고 생각했어요. 책과
관련된 음악, 영화, 사진보다는 음악, 영화, 사진에
관련된 책이 훨씬 많잖아요. '내 꿈은 책방이야.
나는 꼭 책방을 할 거야'라는 생각보다는 '일단은
책방을 열어보자'라는 생각으로 시작했기에
지금도 즐겁게 하는 것 같아요.

문을 열고 닫을 때까지,
서점의 구체적인 하루 일과가 궁금합니다.

보통 오픈 2시간 전, 최소 1시간 전에 출근해요.
책방에는 제가 반려하는 고양이 '바람이'가
상주하고 있어서, 제일 먼저 하는 일은 집사로서
바람이를 챙기는 일(밥 주기, 놀아주기, 화장실
청소)이고, 그 다음 책방지기 일을 시작합니다.
우선 가게의 모든 불을 켜고 청소를 시작해요.

일주일에 1-2번 전체 청소를 하고, 보통은 약식으로 청소합니다. 테이블과 서가는 매일 닦고요. 종이에서 나오는 먼지가 정말 어마어마하더라고요. 매일 닦아도 다음날에 또 쌓여요.

청소를 마치고 택배 박스를 정리합니다. 새로 들어온 책들이 주문 수량에 맞게 들어왔는지, 파본은 없는지 살펴보고 서가에 자리를 만들어줍니다. 그에 맞춰 장부에도 수량을 기입하고요. 잔잔한 배경음악을 틀고 출입구의 블라인드를 올리고 입간판까지 내어놓으면 출근 완료입니다.

대부분의 책방지기들이 마찬가지일 거라 생각하는데, 저는 손님이 오셔도 적극적으로 책을 추천하거나 말을 걸거나 하면서 응대하는 편은 아니에요. 그래서 운영 시간 중에는 '편하게 둘러보시고 필요한 게 있으시면 불러주세요'라고 말씀드리고 작업 공간에서 일합니다.

남해는 여행지라는 특성상 평일과 주말의 방문객 수가 매우 현저한 차이를 보여요. 평일엔 대체로 한적하다는 뜻이죠. 그래서 손님이 없는 운영 시간에는 재고가 없는 책들을 다시 주문하고, 새로운 책들을 온라인 스토어와 SNS에 소개합니다. 좋은 구절이나 추천하고 싶은 책은 타자기로 직접 타이핑해서 메모를 붙이기도 해요.

온라인 스토어에서 들어온 주문에 따라
택배 박스를 포장하고 발송하는 일에도 많은
시간을 들입니다. 책방에 직접 와보지 않고 멀리서
주문해주시는 분들에게 조금이라도 책방의
분위기를 전달하기 위해서 책방에서 구입하실 때와
똑같이 포장하고, 짤막한 메모도 함께 보냅니다.

이렇게 하다보면 하루가 정말 금방 가요.
손님은 없어도 저 혼자 엄청 바쁘게 보내는 거죠.
책방지기가 한가할 거라고 생각하는 분들이 많은데
절대 그렇지 않아요. 저 되게 건강한데, 책방을
하면서 응급실에만 두 번 갔을 정도니까요.
마감 시간이 가까워져 오면 저의 또 다른 가족인
반려견 '한량이'와 산책을 가야 해서 칼같이
마감하고 저녁 시간을 보냅니다.

여기까지가 매일의 루틴이에요. 그 외에도
한 달에 한 번씩 모든 책의 재고를 조사하고,
석 달에 한 번씩은 위탁 판매했던 독립 출판물을
정리하여 제작자들에게 정산합니다. 분기 동안
판매된 책들을 집계해 독립 출판 작가분들에게
일일이 송금하고 정산 내역을 메일로 송부해요.
매우 중요한 일이어서 시간이 오래 걸려도

아마도책방

신중하고 꼼꼼히 하고 있어요. 가끔은 북 토크나 워크숍 등 자체 이벤트를 열고, 북 마켓에 참가하기도 합니다.

우리에게 '츠타야'로 알려진 컬처 컨비니언스 클럽[CCC]의 최고경영자 마스다 무네아키는 수많은 플랫폼 가운데 고객에게 높은 가치를 부여할 수 있는 상품을 '선택'하고 '제안'하는 곳이 살아남는다고 말합니다. 대형 온오프라인 서점이 존재하는데도 굳이 독립 서점을 찾는 것도 서점들의 고유한 '제안 능력'에 매력을 느끼기 때문일 텐데요.

[3]
우리 서점에 적합한 책을 고르는 기준, 우리 서점만이 가진 서가 운영 원칙이 궁금합니다.

처음 책방을 열 때는 이름인 '아마도'의 자음에 따라 서가를 구성했어요. '아'의 이응은 동그랗고 부드러운 느낌을 주기 때문에 따뜻하고 소박한 일상의 이야기나, 쉼이 되어주는 편안한 글을 담고 있는 에세이, 단문집, 여행서를 중심으로 서가를 구성했고요. '마'의 미음에서는 네모난 프레임을 연상해 이에 대응하는 사진, 그림, 영화, 음악 등 예술서를 모아 서가를 만들었어요. 마지막으로 '도'의 디귿은 두 팔을 벌린 사람, 또는 한쪽이

열려 있는 형상을 떠올리게 했습니다. 다양성을
받아들인다는 의미로 보고 소수자 관점에서
쓴 책이나 새로운 시각을 제시하고 사고를
열리게 해주는 책들, 차별과 혐오, 공감, 연대를
이야기하는 책들을 모아서 서가를 만들었어요.

지금은 제가 궁금한 작가의 책, 좋아하는
작가의 책, 관심 있는 주제의 신간들로 서가를
구성합니다. 멋진 문구나 구절에 감동하고 모으는
것을 좋아해서 마음에 든 문장이 하나라도 있으면
덜컥 입고하기도 하고요. 제가 좋아하는 책만
가져다두면 안 팔릴 게 분명하기에 손님들이
원하는 책들도 분위기에 어긋나지 않는 선에서
입고하고 있어요.

이렇게 설명해도 사실 1인 운영 책방이기에
서가 운영 기준이 주관적일 수밖에 없는 것 같아요.
수험서, 재테크 도서, 자기계발서 등은 확실히
없다는 게 운영 원칙이라면 원칙입니다.

인스타그램, 페이스북 등 SNS 마케팅은 선택이 아닌
필수가 되었습니다. 『마케터의 일』의 저자 장인성 씨는
경험을 저장하고 공유하고 인출하고 성장시키는 데
소셜미디어가 좋은 수단이 된다고 말합니다.

SNS를 통한 고객과의 커뮤니케이션은 어떻게 하고 있나요?
우리 서점만의 SNS 핵심 스토리텔링은 무엇인가요?

책방 초기 때부터 SNS에 공사하는 모습, 일상의
모습을 업로드했어요. 대단한 사진 실력이나 글
솜씨는 없지만 매일 뭐라도 하나 올렸어요. 책방과
관련이 없어도, 예를 들면 옆집 이웃이 음식을
나눠준 일이라든가, 공사 중 누군가 방문해서
음료수를 건넨 일이라든가, 공사 중 발굴(?)된
물건들과 발품 팔아 데려 온 고가구나 소품에 대한
이야기 같은 것들이요.
　　　이런 걸 올려도 괜찮을까 했는데, 시골
감성이라고 해야 하나 귀촌의 로망이라고 해야
하나, 아날로그적 감성, 로컬의 감성 이런 것들이요.
도시에서는 느낄 수 없는 시골의 느린 정취를
느끼며 대리만족해주는 분들이 많아서 생각보다
홍보 효과가 있었던 것 같아요. 서울에서 남해까지
와서 지내는 만큼, 서두르지 않고 천천히 조금씩
꾸준히 스스로 해나가는 모습을 보여드리는 게
저희 책방의 핵심 스토리텔링이에요.
대신 SNS에 적극적으로 홍보하지 않는 부분도
있어요. 예를 들면 소량 입고된 저자의 사인본이나,

책방에서 진행하는 전시나 워크숍은 가급적 SNS에
많이 노출하지 않아요. 직접 책방에 찾아와야만
구할 수 있고 볼 수 있는 것들은 끝까지 책방
고유의 물성으로 남겨두고 싶은 마음에서예요.

서점에서 일하는 것도 결국 '일'이기에
즐거움 못지않게 어려움도 있을 텐데요.
기대했던 것과 달리 어려운 점이 있다면 무엇인가요?
하고 싶은 것과 해야 하는 것 사이에서 발생하는
스트레스는 없나요?

책방을 열기 전에 제주도에서 <동네 책방 연합
워크숍>에 참여한 적이 있었어요. 제주에 위치한
동네 책방 대표들이 모여 허심탄회하게 이야기하는
자리였는데, 그때 책방의 순수익이나 공급률
문제, 구체적인 책방 업무 등 실질적인 부분을
알게 되었어요. 그래서 책방을 하며 자아를
실현하겠다거나, 돈을 많이 벌겠다거나 하는 기대는
전혀 없었습니다. 수익 등 재정적 어려움은 크게
느끼지 못했어요. 어려움이 없었다는 게 아니라
애초에 기대치가 워낙 낮아서 실망도 없었던 거죠.
이런 말은 겸손하지 않게 들릴 수 있지만(앞서

말했듯 책방 운영에 대한 기대치가 0에 수렴할 정도로 낮았기 때문에) 제 예상보다는 훨씬 빠르게 책방이 알려졌고, 그래서 오히려 운영은 기대 이상이었어요.

예상치 못했던 어려운 점은 손님 응대와 주변의 관심이에요. 저는 이제까지 제가 굉장히 사교적이고 활달한 성격이라고 생각했는데, 책방을 하면서 저를 많이 알게 됐어요. 저는 낯도 많이 가리고 초면에는 굉장히 조심스러운 성격이었던 거죠.

남해에는 워낙 책방이 없어서 찾아와주는 분들 가운데 작은 책방이나 독립 출판 문화를 경험한 적이 없는 분들이 많아요. '뭐가 유명한지는 모르겠지만 일단 한번 구경이나 해보자'는 마음으로 오는 분들도 많고요. 그런 분들은 책에 관심 있다기보다 저를 궁금해하고 대답하기 곤란한 질문이나 사적인 질문을 많이 해요. 나이와 고향은 기본이고 결혼은 했는지, 애는 있는지, 왜 남해로 왔는지 등을 묻는데 좀 당황스럽죠. 어떤 분은 제가 서울에서 왔다고 하니까 '외지 사람들이 남해를 다 차지한다'고 하시더라고요.

책방 매출이 어떻게 되느냐, 나도 책방을 하고 싶은데 책은 어디서 사오느냐, 도서 목록을 공유해줄 수 있느냐는 질문도 너무나 서슴없이 하시고……

그런 점이 힘들었어요. 책방에서 제 공간을 입구 앞쪽에서 가게 안으로 옮긴 것도, 책 읽는 방 2개 중 하나를 저의 작업 공간으로 바꾼 것도 그런 곤란한 상황을 피하기 위해서예요. 그래도 1년 정도 겪고 나니까 이제는 조금씩 대답하는 요령이 생겼어요. 감정을 싣지 않고 '사적인 질문은 대답해 드리기 어렵습니다'라고 말하거나, 자리를 피하거나 하면서요.

　　　하고 싶은 일이 있는데 그걸 못하고 해야 하는 일을 하고 있는 건 없는 것 같아요. 간극이라면, 하고 싶은 일이 너무 많은데 몸은 하나라는 걸까요. 머릿속에 이것저것 재미있는 기획과 아이디어가 하루에도 몇 번씩 튀어나오지만, 그걸 모두 해낼 능력과 시간이 부족하기에 실행에 옮기지 못하는 것이 아쉬워요.

디자이너 나가오카 겐메이는 장기침체 시대일수록 사람들은 '제대로 된' 물건을 사고 싶어 한다고 말합니다. 물건을 사기 위해 공부하고 점원-제작자-구매자 간에 교류가 일어나기 시작하면서 '커뮤니티'라는 말이 사용된다는 겁니다. 그의 말처럼 전국 구석구석에 자리한 독립 서점은 책과 사람의 '관계'를 만드는 일을 통해

작은 커뮤니티를 형성하고 있습니다. 서점에서 일하며
책을 통해 사람과의 관계를 어떻게 만들어가나요?
⁶ 책과 독자의 관계를 위해 어떤 '제안'을 하는지
궁금합니다.

모든 책을 읽어보고 소개한다면 정말 좋겠지만
그러지 못하기 때문에 소개할 때 신경을 많이 써요.
글쓰기는 저에게 너무너무 어려워요. 그래서
책 소개를 준비할 때 시간이 굉장히 많이 걸리는
편이에요. 일단 대충 소개하고 다음에 다시
소개해야지 하면 다음 기회가 없는 경우가 많아서
한 번 소개하더라도 제대로 소개하려고 합니다.
　　　단골손님에겐 멤버십을 제안하여 회원
가입을 받기도 했어요. 구매 금액의 5%를
적립해드리고(회원카드 역시 타자기로 타이핑하여
만듭니다), 적립 포인트별로 혜택도 만들었어요.
예를 들면 3만 포인트를 모으면 맞춤 책 선물
서비스, 5만 포인트를 모으면 (혜택인 듯 혜택 아닌
혜택 같은) 책방지기 일일 체험 기회 제공 등이에요.
생각나는 대로 재미있을 법한 내용으로 만들었는데
많이 가입해주시더라고요. 회원 가입을 받으니
단골손님의 성함과 책 취향을 잘 알게 되었고요.

회원분들도 포인트를 써서 혜택을 누린다는
마음보다 아마도책방에서 어떤 책을 샀는지
기억하고 소속감을 느끼는 데 방점을 찍는 듯해요.
　　　최근에는 책방에서 소개하는 책들을 매월
추천해서 보내줄 수 있느냐는 문의가 있어서
4월부터 정기구독 서비스를 시작했어요. '월간
아마도'라고 이름 붙였는데, 감사하게도 제가
목표했던 20명 가까이 신청해주셨어요. 멀리
있든 가까이에 있든 어떤 방법을 써서라도 꾸준히
책을 주문해주는 분들이 저희 책방을 단단하게
받쳐주고 있다고 느낍니다. 늘 감사하고 있어요.

기타다 히로미쓰의 『앞으로의 책방』을 보면
소설에 등장하는 물건을 경매 형식으로 판매하는 책방,
아이들만 들어갈 수 있는 작은 방이 있는 서점,
잠을 자면서 본 꿈을 책으로 만들어주는
숙박할 수 있는 서점 등 다양한 형태의 새로운 서점을
소개하고 있습니다. 책방 문화의 최전선에서
앞으로의 책방/서점 문화는 어떻게 펼쳐질 것으로
예상하나요?

　　　해가 갈수록 사라지는 책방도 있지만 새로 생기는

책방의 수가 더 많은 것 같아요. 남해처럼 섬이나 지방에는 여전히 책방 수요가 있다고 생각해요. 앞으로도 작은 책방 문화는 계속해서 자라나지 않을까 조심스레 예상해봅니다.

책방 오픈 초반에는 출판사와 직접 거래하거나 신간 예약 판매, 사은품 증정 등 이벤트를 하는 게 쉽지 않았는데요. 요사이에는 대형(인터넷) 서점과 동네 서점에서 동시에 이벤트를 여는 경우가 많더라고요. 이제 작은 책방도 무시할 수 없는 판매 루트가 되었다는 반증 같아요. 앞으로도 개성 넘치는 서점이 늘어날 거라고 생각합니다. 소수 특정 타깃 손님이나 마니아를 위한 책방, 콘셉트와 기획이 뚜렷한 책방이 전국 각지에 더욱 많이, 다양하게 생기길 기대합니다.

책방은 '책을 사는 공간'뿐만 아니라 '새로운 경험을 함께하는 공간' '친밀한 소통의 공간' '지역 문화 교류의 장'으로서 역할도 겸하고 있어요. 저희 책방도 그 역할을 다하기 위해 노력하고 있고요. 도시나 수도권에 비하면 매우 작은 소규모 군 단위 지역인 남해에서는 다양한 문화를 접하고 경험할 기회가 너무나 부족해요. 앞으로도 작은 책방의 역할이 더욱 중요해지리라 기대하고 있어요.

아마도책방

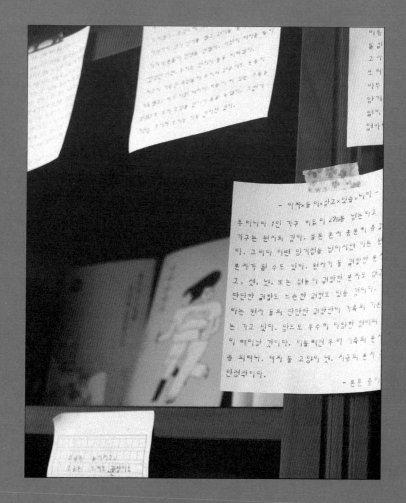

- 이자×동이×상고×있슴×니다 -

우리나라 1인 가구 비율이 29%를 넘는다고
가구는 원자와 같다. 물론 혼자 충분히 좋을
다. 그러다 어떤 임계점을 넘어서면 다른 원
분자가 될 수도 있다. 원자가 둘 결합한 분자
고, 셋, 넷, 또는 엄청 더 결합한 분자도 있고
단단한 결합도 느슨한 결합도 있을 것이다.
나는 원자 둘의 단단한 결합만이 가족의 기본
는 가고 있다. 앞으로 우수히 다양한 형태의
이 태어날 것이다. 이름테면 우리 가족의 분자
쯤 되려나. 여자 둘 고양이 넷. 지금의 분자
안정적이다.

- 본문 중에

1 '아마도책방'은 '남해'라는 지역을 놓고 설명할 수 없습니다. 대표님과
  남해는 어떤 인연이 있나요? 지금의 장소를 선택한 이유는 무엇인가요?
  서점 이름을 짓게 된 사연도 궁금합니다.

2 독립 서점은 그 존재만으로도 관심을 받았습니다. 하지만 지금은
  비슷비슷한 서점 풍경에 더 이상 신선하지 않다는 이야기도 나옵니다.
  독립 서점의 개성이 더 이상 특별하지 않은 시대에 '아마도책방'만의
  특질은 어디서 연유한다고 보나요.

3 '초록스토어'는 남편분께서, '아마도책방'은 박수진 대표님께서
  운영하는 것으로 알고 있습니다. '초록스토어'는 어떤 공간인가요?
  두 분이 '따로 또 같이' 운영하는 이유가 궁금합니다.

4 《월간지구》라는 동네 소식지는 언제부터 만들었나요? 소식지에는
  어떤 이야기가 담겨 있는지, 서점을 운영하면서 어떻게 만들고,
  발행하는지도 듣고 싶습니다.

5 독립 서점의 매력은 대형 서점의 베스트셀러 순위와 다른 결과를
  눈으로 확인할 수 있다는 건데요. 어떤 책이 잘 팔리나요? 지금까지
  우리 서점에서 가장 잘 팔린 책은 무엇입니까?

6   서점에서 여러 출판사, 여러 책들을 살피다보면 어떤 흐름이 잡힐
     것 같습니다. 오늘날의 출판 트렌드에 대한 대표님의 생각을 듣고
     싶습니다. 아울러 서점은 앞으로 어떤 방향으로 나아갈 것으로 보나요?
     그 시간의 흐름 속에서 '아마도책방'은 어떤 모습이 되기를 바라나요?

7   지금 눈앞에 한 청년이 있습니다. 소규모 독립 서점을 창업하겠다고
     남해까지 찾아온 그에게 대표님은 어떤 이야기를 들려줄 건가요.

1

30년 가까이 서울에서 살며 직장 생활을 하다가 '즐겁고
의미 있는 일을 하고 싶다'는 생각으로 퇴사를 결심했어요.
여기저기 돌아다니고 경험하며 내가 좋아하는 일은 뭘까,
잘할 수 있는 일은 뭘까 고민하며 시간을 흘려보냈고요.
처음 남해에 온 건 2016년 11월이었는데, 그 후로 지내보니
남해가 제일 한적할 때가 11월이더군요. 3박 4일 동안
숙소에 거의 혼자 머물렀는데, 그때 지냈던 게스트하우스
사장님이 지금의 남편이에요.

남해의 첫인상은 꽤 특별했는데요. 여유롭고 한적한
분위기와 인위적이지 않은 자연 풍경이 매력적으로
다가왔어요. 지족, 이동, 물건, 은점, 분명 한글인데 한국어가
아닌 듯한 독특한 지역 이름들. 경상도도 전라도도 아닌
남해만의 사투리(남해 사투리는 '~시다'의 어미를 씁니다.
예를 들어 '어서 오세요'를 '어서 오시다'라고 해요.), 하루에 몇
대 안 되는 버스 시간표 때문에 마치 생경한 나라의 외딴
시골마을에 와 있는 기분이었어요. 무엇보다 일상으로
돌아오고 나니 여행의 여운이 굉장히 오래 남았던 곳이
남해더라고요. 도시에서는 절대로 느낄 수 없는 남해의
느리고 여유로운 분위기와 감성이 너무 그리워서 몇 번을
다시 오다가 결국 2017년 2월 완전히 내려왔죠. 지금은
귀촌 3년 차인 셈이에요.

책방이 있는 지족 구거리는 상권이 죽어 있어서 정말 조용한 거리였는데요. 처음 왔을 때 버스로 이 거리를 지나가는데 느낌이 참 좋더라고요. 높은 건물이 하나도 없고 나지막한 건물과 나무 들이 나란히 서 있는 모습에 정감이 갔어요. 여기에서 가게를 하면 더할 나위 없겠다고 생각했는데 집 구하기가 어려운 시골에서 정말 운 좋게도 원하는 자리에 가게를 구하게 되었지요.

"남해에서 뭐해? 뭐 먹고살아? 앞으로 뭐할 거야?" 남해에 어떤 연고도 없는 제가 남해에 살고 있다고 하니까 많은 분들이 이렇게 물어보더라고요. 그때마다 확신은 없지만, 그래도 가장 마음에 둔 일이 책방이었기에 "아마도 책방을 할 것 같다"고 대답하던 게 책방 이름이 되었어요. 제가 남편에게 책방 이름 후보를 쭉 읊어줬는데 느낌이 좋다며 단번에 선택받은 이름이에요. 인테리어도 이름에 맞는 느낌을 주려고 노력했어요. 작은 책방이지만 편하게 앉아서 책을 읽는 아늑한 공간을 만들고 싶었어요. 그래서 침대도 놓고, 소파도 놨죠. 서재 같기도 하고 친구네 집 같기도 한 곳, 책방 같기도 하고 아닌 듯하지만, 아마도 책방인 곳인 거죠.

2

서점이 아날로그 분위기를 갖도록 많이 노력해요.

물론 주인공은 책이지만, 책을 좋아하는 사람들뿐만
아니라 책을 좋아하지 않는 사람들까지도 책을 읽고 싶게
만드는 분위기를 위해 노력합니다. 오래된 문짝으로 만든
테이블, 창문틀에 손 그림을 붙여서 만든 간판, 고가구, 자개
장식장으로 옛날부터 있던 것 같은, 누군가의 서재 혹은
예쁘고 편안한 친구 집에 놀러온 느낌을 주려고 합니다.
전국의 중고시장과 고물상을 찾아다니며 발품 팔아 가구를
공수했어요. 원고지 게시판, 70년대 생산된 수동 타자기,
필름카메라 등 소품 하나하나까지 신경 썼고요.

아마도책방은 가로로 길쭉한 메인 공간과 두 개의
방으로 구성되어 있어요. 토목공학을 전공한 저와 건축학을
전공한 남편 둘만의 힘으로 소박하지만 애정 가득 담아
직접 꾸미고 가꿨어요. 소파, 의자, 침대를 놓고 바닥은
푹신한 카펫을 깔아 아늑한 분위기로 연출했어요.

편하게 책을 읽고 되도록 오래 머물다 가시도록 앉을
수 있는 공간을 많이 만들었어요. 책방 내부 사진 촬영은
특별한 경우가 아니면 금지하고 있어요. 오롯이 책에
집중하는 분위기를 만들고 싶거든요.

타자기로 치는 책 소개에도 많은 애정을 쏟고 있는데요.
시간이 걸리지만 타이핑 메모는 매일 하나씩 꾸준히 하려고
노력해요. 메모가 붙어 있는 책과 붙지 않은 책의 판매량

차이가 보이더라고요. 같은 내용이어도 타자기 글씨체로
보면 다르게 느껴져요. 책을 택배로 보낼 때는 송장도
타자기로 쳐서 보내는데, 받는 분들이 좋아해주셔서 그만둘
수 없네요. 타자기를 사용하느냐, 손 글씨로 쓰느냐는
방법이 중요하다기보다 큰 틀에서 제가 만들어가고자 하는
책방이 어떤 모습이고, 그에 어울리는 분위기와 디테일에는
어떤 것이 있을까 계속 고민하고 만들어나가는 것이 중요한
것 같아요. 그러다보니 어느 순간 찾아와주시는 분들이
'아마도책방'만의 감성이 좋다고 말씀해주시더라고요.

3
　　'초록스토어'의 전신은 일러스트레이터 & 디자이너
부부인 '키미앤일이'가 동명인 그림책의 공간을 현실화해서
만든 공간이자 콘셉트 숍인 '바게트 호텔'이었어요. 저희와
집도 가깝고 같은 거리에 책방과 바게트 호텔이 있어서
친하게 지냈는데, 이들 부부가 부산으로 돌아가면서 가게를
남편에게 부탁했지요. 저희는 남해를 모티프로 한 것,
자연과 환경을 생각한 것, 우리가 재미있다고 느끼는 것에
관심이 있었고, 이 세 가지를 중심으로 소품을 창작/제작/
판매하기로 했어요. 그래서 이름도 '초록'으로 바꾸었지요.
　　저희는 개인이 만들어가는 독립 문화에 관심을 갖고
있어요. 한 가게에서 모든 것을 소개하고 판매하기엔 가게의

뚜렷한 콘셉트와 방향 설정이 어렵다고 생각했어요. 그래서 가장 활발한 행위가 일어나는 독립 출판을 기반으로 한 책방은 제가 운영하고, 남편의 초록스토어에서는 책을 제외한 개인 창작 제품을 소개하고 판매하기로 했지요. 남해에서 책방만으로 둘이 먹고살기엔 현실적으로 어려운 점도 있었고요.

각자 운영하는 공간은 다르지만 독립 문화라는 큰 틀 아래 관심사가 같아서, 제품 제작이나 다양한 문화 행사를 기획할 때는 늘 함께 고민하고 의견을 조율해 진행하고 있어요. 남편은 저의 의견에 귀기울여주고 존중해주는 든든한 친구이자 동료인데요. 가끔 다툴 때도 있지만 좋아하는 일을 함께할 수 있어서 다행이라고 생각하며 일하고 있어요.

4

지족 마을 거리 소식지인 《월간지(족)구(거리)》는 남편이 먼저 제안했어요. 우리가 자리한 곳 주변 이웃들의 이야기를 듣고 소식지를 만들자고요. 저는 처음엔 격월로 내자고 주장했어요. 책방을 병행하면서 매월 마감하는 게 쉽지 않을 것 같아서요. 그런데 '격월지구'는 어감도 좋지 않아서 남편의 설득에 못 이겨 시작했지요.

《월간지구》는 남해 '지족 마을' 구 거리의 소소한

이야기를 전하고 나누려고 아마도책방과 같은 거리에 위치한 창작소품숍 '초록스토어'가 힘을 모아 발간하는 순수 비영리 정기간행물이에요. 2018년 11월 첫 발행한 1호 꽃 공방 '플로마리' 인터뷰를 시작으로 현재 5호까지 발행했고요. 매월 지족 구 거리에서 삶을 꾸려가는 분들의 이야기와 지족 마을 풍경을 담은 사진, 거리 지도와 버스 시간표를 A4 용지 1장에 담은 간단한 소식지로 취재, 편집, 인쇄, 배포 등 모든 과정을 자비로 진행하고 있습니다. 매 호마다 4천 부씩 제작해 남해 전 지역과 전국 각지에 무료 배포하고 있어요.

저희 가게 휴무일이 화요일과 수요일인데, 주로 휴무일에 인터뷰를 간단히 하고 이를 정리해서 월말에 제작, 배포해요. 저희에게 부담이 되지 않도록 즐겁게 하자는 게 목적이어서 내용을 늘리지는 않고 딱 한 장으로만 만들어요. 인터뷰만 정리하면 사진과 지도는 시간이 오래 걸리지 않아서, 이제 적응도 되어서 부담 없이 즐겁게 만들고 있어요.

어려운 점이 있다면 섭외인데요. 어르신들이 '인터뷰'라고 하시면 부담스러우신지 안 하려고 하시더라고요. 그래서 그냥 살아오신 이야기를 조금만 해주시면 된다고 하며 열심히 해명(?)해요. 이익 창출이 목적이 아닌, 마을에서 일어나는 소소한 일과 사람들 이야기를 소박하지만 꾸준하게 기록하자는 마음에서 후원이나 지원은 받지 않아요. 추후 이

아마도책방

기록이 쌓이면 한 권의 책으로 엮으면 의미 있을 것 같아요.

5

　각양각색의 책들이 있는 만큼 각양각색의 손님들이
취향에 맞는 책을 찾아가셔서 눈에 띄게 잘 팔리는 책은
많지 않았던 것 같아요. 초반에는 매월 베스트셀러를
집계했었는데요. 이 작은 시골 책방까지 순위를 매기는
관성적인 행위에 이질감과 의문이 생겨 그만두었어요. 대신
공간을 찾는 분들이 원하는 건 뭘까 생각하다가 제가 읽은
책들 가운데 골라서 추천 도서 리스트를 만들고 있죠.

　오래된 책방이 아니라서 판매량이 의미 있을까 했는데,
1년 동안 판매량을 집계해보니 그래도 눈에 띄는 책들이
있더라고요.『곰돌이 푸, 행복한 일은 매일 있어』(RHK)
『느리게 사는 것의 의미』(피에르 쌍소/공명)『괜찮은 척은
그만두겠습니다』(한재원/북라이프)『동전 하나로도 행복했던
구멍가게의 날들』(이미경/남해의봄날)『너의 나라에서』
(아드리안 토마스 사밋/프로파간다)가 많은 사랑을 받았네요.
독립/소규모 출판물에서는『1인분 소설』(장혜현)『내가
30代가 됐다』(이랑/소시민워크)『김종완 단상집』(김종완)
『너이기도 했다가 너일 때도 있었다』(박상범)가 많은 손님의
선택을 받았어요.

　많은 손님의 선택을 받는 책에 공통점이 있다면 역시

남해는 여행지여서 무겁지 않은 주제의 책, 긴 글보다는
짧은 글 혹은 그림이 있는 책이 잘 판매되는 것 같아요.

6

독자들의 요구에 맞춰 물리적으로도 내용적으로도
무겁지 않고 읽기 편한 책들이 나오는 것 같아요. 비슷한
이유로 에세이 장르가 전폭적인 지지를 받고 있고요.
페미니즘이나 퀴어 문화 같은 주제도 이전보다 다양하고
솔직하게 다뤄지고, 그것이 독자들에게 받아들여진다는
점도 인상적이에요.

책 이외의 부차적인 부분과 기능도 중요해지고 있어요.
'굿즈 전쟁의 시대'라 말하는 것이 조금은 씁쓸하지만
사실이기도 하고요. 하지만 그것이 시대의 흐름이고,
그럼에도 불구하고 책을 팔아야 하겠다면 받아들여야 하는
부분이라고 생각합니다.

한편으로는 책 판매 부진으로 인해 다양한 시도가
계속되는 것이 제게는 신선하고 재미있어요. 출판사는 책에
나오는 물건을 굿즈로 제작하거나, 돌을 종이 재료로 사용해
방수가 되는 책을 만드는 등 새로운 시도와 마케팅을 하죠.
책방에서도 각자만의 책 표지를 만들거나 특별한 포장을
해서 블라인드 북으로 판매를 하는 식으로 노력하죠.
작가들도 저자와의 만남이나 낭독회, 북 콘서트 등 독자와

교류하는 자리를 갖는데, 이제는 책의 홍보와 판매를 위해
필수 요소가 되었습니다. 그러한 기회와 공간을 제공하는 데
개성 넘치는 작은 책방들이 큰 몫을 하고 있고요.

독립 출판은 이제 기성 출판과의 경계를 자유롭게 넘나들며
하위문화가 아닌 출판계 트렌드를 이끄는 한 줄기의 어엿한
문화로 자리매김하게 되었다고 생각해요. 작은 책방에서
먼저 검증된 책들이 기성 출판 단행본으로 출간되어
베스트셀러가 되는 경우도 많아졌지요. 새로운 작가를
발견하고 만나기 위해서라도 독립 출판은 포기할 수 없다고
생각해요.

이제 '책 문화'는 '개인'의 취미였던 독서의 틀에서
벗어나 경험과 공감, 즉 '소통하는 콘텐츠'로 가능성이
무한히 확장되고 있어요. 앞서 말했던 다양한 시도와 노력이
계속되면 좋겠습니다.

저는 책방을 되도록 오래오래 운영하고 싶어요.
자신의 취향과 속도와 방향을 잘 알고 그것을 책이라는
매개를 통해 잘 표현하는 책방, 남해의 감성을 잘 드러내는
책방으로 기억된다면 더할 나위 없이 기쁠 것 같습니다.

7

저는 소심하고 걱정도 많아서 최대한 안전하게 많이
알아보고 준비한 뒤 일을 시작하는 걸 좋아해요. 자존심도

세고 남에게 폐를 끼치고 싶지 않아서 어지간하면 도움을
구하지 않고 혼자 알아보고 공부하는 편이에요.

그래서 책방을 하고 싶다며 찾아오는 분들이 있어도
제가 해드릴 수 있는 이야기가 별로 없어요. 가끔 무턱대고
찾아와서 '책방은 어떻게 하는 거냐'고 묻는 분들이 있는데,
그분들이 하는 이야기를 듣고 있으면 염려스러울 때가
많아요. 지금까지 작은 서점을 몇 군데나 다녀보셨는지,
평소에 책을 얼마나 읽으시는지 여쭤보면 독립 서점이나
독립 출판 문화를 전혀 알지 못하는 분들도 책방을 하고
싶다고 말해요. 독립 서점 문화가 아직 지속되어야 한다고
생각하는 이유이기도 해요.

그래서 제가 이야기할 수 있는 건 '최대한 많이 다니고,
직접 경험하라'는 게 전부예요. 반짝하는 관심이 아니라
정말로 진지하게 고민하는 분이라면, 괜히 기대감을
키우거나 헛된(?) 희망을 드리는 이야기보다 현실적이고
구체적인 이야기를 많이 해주고 싶어요. 책방을 하면
생각보다 책을 읽을 시간이 없다는 것을 알고 있는지, 책 한
권을 팔기 위해 얼마나 많은 시간과 노력을 쏟아야 하는지,
얼마나 자주 재고를 확인하고 주문하고 정리해야 하는지,
얼마나 많은 사람들의 환상과 선입견(좀 더 구체적으로
써보면 책방에서 일하는 사람들은 늘 한가하고 여유로워서 매일

아침 향긋한 커피를 내려 마시고, 편안한 의자에 앉아 느긋하게 책을 읽을 거라는 생각)에 시달리는지, 혹은 본인도 지금 그 환상을 가지고 책방을 바라보는 건 아닌지, 하루에도 얼마나 많은 먼지가 서가에 쌓이고 얼마나 자주 그 먼지를 털어내야 하는지 같은 것들이요.

잘 몰랐던 책방의 실체(?)를 알고 난 뒤, 그럼에도 책방을 하겠다고 하면 그때는 진심으로 그 순수한 마음을 다독여주고 싶어요. 좋아하는 일이 먹고사는 일이 되었을 때 힘든 점도 있지만, 좋아하지 않는 일이 먹고사는 일이 되는 것보다는 훨씬 낫다고 생각하니까요. 즐겁고 재미있게 좋아하는 일을 하기를 동료로서 뜨겁게 응원해줄 거예요.

우연한 관계를
만드는 책방

진행·정리 이은지, 이지훈

어쩌다 책방
김수진 디렉터 (오른쪽)
윤지희 매니저 (왼쪽)

주소. 서울시 마포구 월드컵로19길 74
어쩌다가게@ 망원 102호
영업시간. 월-토 13:00-21:00
Instagram. @uhjjuhdah.bookshop

만약 한 달에 한 권의
책을 읽는 손님이 책방을 찾았는데
책을 잘못 소개한다면
그 사람의 한 달을 빼앗을 수도 있다고
생각해요.

독립 서점을 운영하게 된 혹은 일하게 된 동기가
궁금합니다. 어째서 책방이 하고 싶었나요?
일하는 공간이 책방이어야 한 이유는 무엇이었나요?

'어쩌다 책방'은 '어쩌다 프로젝트' 중 하나입니다.
어쩌다 프로젝트는 다양한 주거 공간이 모여
있는 '어쩌다 집'과 가게들이 모여 있는 '어쩌다
가게'를 기획하고 있습니다. 어쩌다 가게@망원을
기획하는 과정에서 입주자 사이를 연결시켜주는
공간, 외부인이 어쩌다 가게를 방문했을 때
컨시어지 역할을 담당하는 공간을 직접 운영하면
좋겠다는 의견이 나왔습니다. 입주가 결정된
가게의 업종과 중복되지 않는 콘텐츠를 고려하던
중 어쩌다 프로젝트의 브랜드를 표현할 수 있는 게
무엇일까 오래 고민했고, 그 고민의 결과로
지금의 책방이 만들어졌습니다.

문을 열고 닫을 때까지,
서점의 구체적인 하루 일과가 궁금합니다.

서점의 일은 얼핏 단순해 보입니다. 여느 가게처럼
문을 열고 간단히 청소한 뒤 고객을 응대하고 책을

배치하고 서가를 정리합니다. 서점을 찾아오는
손님들에게 책을 안내하고요. 서점의 일을 한 달
단위로 정리하면, 신간 및 구간 도서 조사 및
큐레이션, 도서 수주 및 발주 업무, 작가 섭외,
프로그램 기획, 행사 진행, 외부 행사, 디자인, 출력,
사진 촬영, SNS 채널 운영, 청소, 진열 그리고
도서 큐레이션을 위한 독서가 있어요. 사람들은
서점에서 일하면 여유롭게 책도 많이 읽을 거라고
생각하는데 그건 상상에 지나지 않아요. 혼자 이리
뛰고 저리 뛰면 겨울에도 땀이 날 정도예요. 특히
어쩌다 책방은 매달 '이달의 작가'라는 프로그램을
진행합니다. 매달 작가가 바뀌는 기획이어서
디자인과 진열법이 바뀌다보니 더 바빠요.

우리에게 '츠타야'로 알려진 컬처 컨비니언스 클럽^{CCC}의
최고경영자 마스다 무네아키는 수많은 플랫폼 가운데
고객에게 높은 가치를 부여할 수 있는 상품을 '선택'하고
'제안'하는 곳이 살아남는다고 말합니다. 대형 온오프라인
서점이 존재하는데도 굳이 독립 서점을 찾는 것도 서점들의
고유한 '제안 능력'에 매력을 느끼기 때문일 텐데요.
[3]우리 서점에 적합한 책을 고르는 기준,
우리 서점만이 가진 서가 운영 원칙이 궁금합니다.

...뭐과 사람, 사람과 사람 사이
우연한 관계를 만드는 어쩌다 책방

어쩌다 책방

츠타야 정도의 규모라면 책과 연계한 다양한
상품을 소개하는 역할을 할 수 있겠죠. 하지만
작은 서점은 조금 다른 제안이 필요합니다.
대형 서점이 존재하는데도 작은 서점을 찾는
이유는 책에 집중할 수 있는 작은 공간이 갖는 매력
때문일 거예요. 서가에 꽂을 책을 고르고 맥락을
만들어 진열하는 것도 중요하지만, 책방 의자에
앉았을 때 조명의 밝기나 공간의 온도, 향기 같은
여러 요소들을 세심하게 신경 쓰고 있습니다.
온라인 서점에서는 느낄 수 없는 종이의 감촉이나
잉크 냄새 같은 실제의 감각을 살아나게 할 수 있는
공간이 되기를 바라는 거죠.

인스타그램, 페이스북 등 SNS 마케팅은 선택이 아닌
필수가 되었습니다. 『마케터의 일』의 저자 장인성 씨는
경험을 저장하고 공유하고 인출하고 성장시키는 데
소셜미디어가 좋은 수단이 된다고 말합니다.
SNS를 통한 고객과의 커뮤니케이션은 어떻게 하고 있나요?
우리 서점만의 SNS 핵심 스토리텔링은 무엇인가요?

어쩌다 책방은 '여기 뭐가 있나⋯⋯' 싶은 골목에
있어요. 그래서 궂은 날씨에 서점을 방문한 분들을

보면 감사한 마음에 어떻게 찾아오셨는지 묻곤
합니다. 그런데 그때마다 인스타그램에서 보고
와보고 싶었다고 해주세요. 실제로 어쩌다 책방은
SNS에 많은 노력을 들이고 있어요. 해가 충분히
드는 공간이 아니어서 사진이 곱게 나오는 편이
아니다보니 카메라로 촬영한 사진만 SNS에
올리고 있어요. 초기에는 방문하고 싶은 곳으로
느껴지도록 책방 전경이나 책 읽는 손님의 모습을
보여드렸어요. 요즘에는 '이달의 작가' 프로그램을
강화하면서 선정 작가의 책을 소개하고,
좋은 문장을 엄선하고, 인터뷰를 진행해 소개하고
있습니다. 한 작가를 집중적으로 소개하기에
한 달은 긴 시간이 아니더라고요. 일편단심이
저희 서점의 SNS 콘셉트인 셈입니다.

서점에서 일하는 것도 결국 '일'이기에
즐거움 못지않게 어려움도 있을 텐데요.
⁵기대했던 것과 달리 어려운 점이 있다면 무엇인가요?
하고 싶은 것과 해야 하는 것 사이에서 발생하는
스트레스는 없나요?

어쩌다 프로젝트를 총괄하고 있는 대표님이

스트레스를 받으면서까지 일하는 건 좋지 않다는
신념을 갖고 계셔서 해야 하는 일이 안겨주는
스트레스는 확실히 적어요. 다만 하고 싶은 일을
할 때 부족한 능력 때문에 좌절하는 일이 힘들어요.
너무 좋은 책이어서 소개하고 싶은데 내 안에 적절한
단어가 떠오르지 않을 때, 저의 소개가 오히려 책에
대한 호감을 거둔다는 생각이 들 때, 매달 바꾸는
커버 디자인이 뜻대로 나오지 않을 때 말이죠.

디자이너 나가오카 겐메이는 장기침체 시대일수록
사람들은 '제대로 된' 물건을 사고 싶어 한다고 말합니다.
물건을 사기 위해 공부하고 점원-제작자-구매자 간에
교류가 일어나기 시작하면서 '커뮤니티'라는 말이
사용된다는 겁니다. 그의 말처럼 전국 구석구석에 자리한
독립 서점은 책과 사람의 '관계'를 만드는 일을 통해
작은 커뮤니티를 형성하고 있습니다. 서점에서 일하며
책을 통해 사람과의 관계를 어떻게 만들어가나요?
6
책과 독자의 관계를 위해 어떤 '제안'을 하는지
궁금합니다.

        '우연한 관계를 만드는 어쩌다 책방'. 서점 입구에
        적힌 글이에요. 많은 사람들이 책방 이름의 뜻을

물어오세요. '어쩌다 프로젝트'의 '서점'이므로
'어쩌다 가게', '어쩌다 집'처럼 프로젝트 이름과
동일하게 진행하면 좋겠다는 생각이었어요. 어쩌다
집은 다양한 주거 공간이 모여 있고, 어쩌다 가게는
다양한 가게가 모여 있으니 '어쩌다 책방'은 책을
읽고 쓰는 사람들이 우연히 모이는 공간이기를
원했습니다. 어쩌다 들러 마음에 드는 책을 만나고,
알지 못했던 작가의 팬도 되고, 단골손님끼리
친구도 되고…… 2018년 8월, 책방이 2주년을
맞았어요. 그간의 일을 돌이켜보니 정말 저 카피를
닮아가는 것 같아서 기분이 좋습니다.

앞서 말했듯이 매달 한 작가를 소개하는
프로그램을 운영하고 있습니다. 책이란 한 작가의
글이 모여서 만들어지는 거니까 그 사람에게
호감이 생기면 그 사람의 글에 관심을 갖게
될 거라고 생각했어요. 그래서 저희는 매달
소개팅을 주선하듯 한 달에 한 작가를 소개하고
있어요. 한 달 동안 그 작가만 집요하게 소개하고
있습니다.

'제대로 된 물건'이라는 질문에 진심으로
공감합니다. 책을 읽기에도 좋은 상품뿐만 아니라
보기에도 좋은 상품으로 소개하고 싶습니다.

책에 담긴 의미도 좋지만 책을 소개하는 방식,
구체적으로는 디자인이나 언어를 통해 매력적으로
보이게 하는 것도 중요하다고 생각합니다.

기타다 히로미쓰의 『앞으로의 책방』을 보면
소설에 등장하는 물건을 경매 형식으로 판매하는 책방,
아이들만 들어갈 수 있는 작은 방이 있는 서점,
잠을 자면서 본 꿈을 책으로 만들어주는
숙박할 수 있는 서점 등 다양한 형태의 새로운 서점을
소개하고 있습니다. 책방 문화의 최전선에서
앞으로의 책방/서점 문화는 어떻게 펼쳐질 것으로
예상하나요?

다양한 형태의 서점이 생겨날 것 같아요. 결국에는
책방의 의미와 수익성, 두 지점의 균형을 잘 잡은
서점이 살아남을 거라고 생각합니다. 책방은
공간에 대한 이해와 책에 대한 취향이 있으면
쉽게 시작할 수 있어요. 하지만 수익성 면에서는
한계가 있어서 지속가능성이 굉장히 낮아요.
그런 점에서 상업 공간이 모여 있는 건물에 자리한
'어쩌다 책방'은 장점이 많다고 생각합니다.
다른 상업 공간이 모여 있는 건물에 긍정적인

이미지를 가져다주고, 문화 예술에 관심이 많은
고객들을 불러 모으는 효과가 있으니까요. 탄탄한
기획력으로 지속가능한 운영을 선보이는 작은
서점들이야말로 향후 부동산 개발 회사들이
눈여겨볼 만한 콘텐츠가 아닐까 합니다.

어쩌다 책방

1   매달 '이달의 작가'를 선정하는 기준은 무엇인가요?
선정되는 작가에 따라 서점을 찾는 독자층이나 연동되어 판매되는
책의 성향이 달라지는지 궁금합니다.

2   '이달의 작가'나 '독립 출판 수업'처럼 어쩌다 책방만의 프로그램은
무엇인가요? 앞으로 기획하고 있는 프로그램이 있다면 소개해주세요.

3   독립 서점을 비롯해 이른바 '힙'한 공간이 계속해서 생겨나고
있습니다. 하지만 대부분 비슷한 게 사실인데요. 어떤 작가는
인터넷 공간에 '만드는 사람은 없고 편집하는 사람만 가득하다'라고
우려하기도 했습니다. 독립 서점 관계자로서 이러한 흐름을 어떻게
생각하나요?

4   어쩌다 책방은 당연히 어쩌다 가게와 연결 지어 생각하게 되는데요.
'어쩌다 가게'의 활동을 간략하게 설명해주시겠어요? '공유'라는
가치를 실천하는 어쩌다 가게에서 '책방'은 어떤 의미인가요?

5   독립 서점에서 일하면서, 지금-여기 한국 사회를 살아가는 청춘으로서
개인적으로 특별히 관심을 기울이는 '가치'는 무엇인가요?

1

　'이달의 작가'는 한 작가의 책을 집중적으로 소개하는
프로그램입니다. 선정된 작가가 한 달에 하루 일일 책방
주인이 되어 책방을 봅니다. 처음 책방을 열었을 때부터
지금까지 이달의 작가를 선정하는 기준은 세 가지였어요.
1. 제가 읽어보고 좋았던 책의 작가님, 2. 현재 생존해
계신 작가님, 3. 가급적 수도권에 살고 계신 작가님.
첫 번째 기준은 마음을 다해 소개하기 위해 정해두었습니다.
어쩌다 책방은 한 달 내내 한 작가만을 소개해야 하니
제가 진심으로 그 작가를 좋아하지 않으면 한 달이
괴로워지거든요. 두 번째, 세 번째 기준은 작가가 직접
책방에 근무하는 '일일 책방 주인' 이벤트 진행을 위한
기준입니다. 요즘에는 작가님들이 적극적으로 참여해주셔서
지역에 상관없이 작가님을 섭외하고 있습니다.

　처음에는 이달의 작가가 추천하는 책을 적극적으로
알리고 판매했어요. 그런데 그런 방식보다는 한 작가의
책을 집중적으로 소개하는 기획이 작가와 출판사 모두에게
더 긍정적인 영향을 줄 수 있을 거란 생각이 들었습니다.
올해부터는 작가가 추천하는 책보다 이달의 작가가 쓴
책을 적극적으로 소개하고 있습니다.

　'이달의 작가'가 누구인지에 따라 책방을 찾는 손님들도
달라요. 장강명 작가님이 선정되었을 때는 사회 문제를 다룬

책들이 많이 판매되었고, 정세랑 작가님이 선정되었을 때는
소설이 많이 판매되었어요. 매달 판매된 책을 집계를 내보면
작가와 비슷한 결을 가진 책들이 많이 판매되고 있어서
흥미로워요.

2

책방 규모가 작은 만큼 공간의 성격이 명확해야 합니다.
그래서 프로그램을 단순화하고 있어요. 물론 작가와의
만남 같은 프로그램을 자주 열면 매출이 오릅니다.
하지만 가급적 이달의 작가와 연관된 프로그램만 기획하고
있습니다. 그것이야말로 좁은 공간에서 할 수 있는 가장
명료한 기획이라고 생각합니다.

2018년 5월에는 생존 작가라는 기준을 어기고 평소
흠모해온 존 버거 작가님을 이달의 작가로 선정했어요.
그래서 작가와의 만남이나 이달의 작가가 일일 책방
주인이 되는 이벤트 대신 '존 버거 다큐멘터리 상영회'를
열었습니다. 쉽지 않은 내용임에도 공간이 가득 찰 정도로
많은 분이 책방에 와주셨어요. 이를 계기로 이달의 작가를
선정하는 기준을 조금 더 유연하게 바꾸게 되었습니다.

그 밖에도 1년에 두 번씩 기획전을 열고 있어요.
예를 들어 '읽고 쓰는 생활'이 주제라면 그것과 관련된
책들을 큐레이션해서 한 달 동안 소개하는 거죠.

어쩌다 책방은 책방이면서 동시에 어쩌다 가게@망원의 중심 역할을 하고 있어요. 그래서 입주자들의 의견을 듣고, 공간 전체를 조율하는 공간이 되기도 합니다.

3

책방 일을 하다보면 '내가 뭐라고 책을 고르지'라는 생각을 하게 됩니다. 그런데 책방에 오래 앉아 있다보니 어떤 맥락으로 책을 놓느냐에 따라 사람들이 보는 책이 달라진다는 걸 알게 되었어요. 가만히 꽂혀 있던 책도 다른 주제로 서가를 만들어서 세워놓으면 오래된 책인데도 신기하게 팔려요. 책방에서 책을 진열하는 것 자체가 굉장한 노력이 필요한 일임을 느낍니다. 잘 만들어진 창작물도 어떻게 보여주느냐에 따라 달라지는 만큼 큐레이션 역시 고급 기술이라고 생각합니다. 책을 읽는 속도도 사람마다 다르잖아요. 한 달에 한 권의 책을 읽는 손님이 책방을 찾았는데 책을 잘못 소개한다면 그 사람의 한 달을 빼앗는 거잖아요. 한 권의 책을 어떤 맥락으로 보여줄지 고민하는 것도 고도의 편집 기술이라고 생각합니다.

4

'어쩌다 가게 프로젝트'가 시작된 지 어느덧 5년 남짓 되었습니다. 첫 번째로 연남동 초입에 있는 어쩌다

가게@동교, 두 번째로 어쩌다 가게@망원, 그리고 망원에서
걸어서 10분 거리에 세 번째 어쩌다 가게@서교가 있어요.
세 프로젝트에 저희가 직영하는 공간이 하나씩 있는데,
동교점은 카페, 망원점은 서점, 마지막으로 서교점은
갤러리가 있습니다.

'어쩌다 프로젝트'의 상업 공간으로는 '어쩌다 가게',
주거 공간으로는 '어쩌다 집'이 있어요. 어쩌다 가게는
혼자 운영할 수 있는 작은 가게들이 모여 있는 공간이에요.
일종의 작은 가게들을 위한 플랫폼 사업이라고 생각하시면
될 것 같습니다. 첫 프로젝트였던 어쩌다 가게@동교는
2층 단독주택을 리모델링하여 진행했어요. 그 후 저희
프로젝트에 많은 관심과 응원을 보내주신 분들 덕분에
어쩌다 가게@망원을 직접 짓게 되었습니다. 망원점 4층은
어쩌다 프로젝트를 기획하고 운영하는 팀과 건물을 설계한
건축사 사무소 SAAI가 함께 사무실로 사용하고 있습니다.
올해 문을 연 어쩌다 가게@서교도 SAAI와 협업하여
공간을 설계하고 기획했습니다.

5

사람들이 대화를 나눌 때는 카페나 술집에 가죠.
사람들 사이에는 늘 커피나 맥주가 놓여요. 그래서 저희는
커피나 술이 아닌 다른 무엇을 놓고 싶었어요. 그 자리에

책이 있어도 좋겠다고 생각한 거죠. 대화를 나누는 사람들
사이에 먹고 마시는 것 대신 책이 있으면 좋겠다는 거죠.
신기하게도 사람들과 관계 맺는 것을 즐기는 사람이
아니더라도 책으로 연결된 사람들은 적절한 관계를
유지하는 것 같아요.

진행·정리 한기태

다양성을
반영한 문학을
좋아합니다

책방서로
고영환 대표

주소. 서울시 마포구 연남로11길 46
영업시간. 화-일 13:00-20:00 (월 휴무)
Instagram. @seorobooks

66

여성 소설가들의 책을 좋아합니다.
생물학적으로 남성이지만
여성을 이해하고 바라보기 위해
페미니즘 소설을 읽고 있어요.

독립 서점을 운영하게 된 혹은 일하게 된 동기가

궁금합니다. 어째서 책방이 하고 싶었나요?

일하는 공간이 책방이어야 한 이유는 무엇이었나요?

특별한 목적이나 의도를 갖고 시작한 건 아닙니다.
5년간 회사를 다니며 나만의 작은 가게를
꾸려가고 싶다고 생각했어요. 내가 가장 좋아하는
것이 무엇일까 생각하다가 소규모 책방의 존재를
알게 되었고, 책을 좋아하는 저를 믿고 회사
생활에 마침표를 찍었습니다.

문을 열고 닫을 때까지,
서점의 구체적인 하루 일과가 궁금합니다.

책방은 일이 생각보다 많습니다. 신간과 구간을
체크하고, 서가를 채우고, 책방 운영에 필요한
비품과 시설을 관리하고, 개인적인 일도
병행합니다. 짬짬이 시간 내서 책도 읽고요.
오후 1시에 문을 열고 8시에 문을 닫지만
정시 퇴근을 해본 적이 거의 없어요.

우리에게 '츠타야'로 알려진 컬처 컨비니언스 클럽CCC의

최고경영자 마스다 무네아키는 수많은 플랫폼 가운데
고객에게 높은 가치를 부여할 수 있는 상품을 '선택'하고
'제안'하는 곳이 살아남는다고 말합니다. 대형 온오프라인
서점이 존재하는데도 굳이 독립 서점을 찾는 것도 서점들의
고유한 '제안 능력'에 매력을 느끼기 때문일 텐데요.
우리 서점에 적합한 책을 고르는 기준,[3]
우리 서점만이 가진 서가 운영 원칙이 궁금합니다.

> 사실 누군가에게 무엇을 제안하고 추천하는 일을
> 긍정적으로 바라보지는 않습니다. 운영자인
> 제가 먼저 독자에게 책을 추천하지는 않아요.
> 굳이 책을 추천해달라고 요청하는 분들에게는 오늘
> 기분이 어떤지를 여쭙니다. 기쁜지, 슬픈지 또는
> 오늘이 어떤 날로 기억되고 싶은지에 맞춰 책을
> 추천합니다. 우리가 느끼는 감정을 잘 표현하는
> 책으로 서가를 구성하는 이유도 여기에 있습니다.

인스타그램, 페이스북 등 SNS 마케팅은 선택이 아닌
필수가 되었습니다. 『마케터의 일』의 저자 장인성 씨는
경험을 저장하고 공유하고 인출하고 성장시키는 데
소셜미디어가 좋은 수단이 된다고 말합니다.
SNS를 통한 고객과의 커뮤니케이션은 어떻게 하고 있나요?[4]

<u>우리 서점만의 SNS 핵심 스토리텔링은 무엇인가요?</u>

아무래도 구간보다는 신간이 판매가 좋아서
신간 위주로 소개할 수밖에 없습니다. 책을 읽고
좋은 문구를 같이 소개합니다. 많지 않지만
책방서로의 소개를 믿고 구매하는 분들이 계셔서
신간이 아니어도 좋은 책이라 생각되는 책을
소개하고 있습니다.

서점에서 일하는 것도 결국 '일'이기에
즐거움 못지않게 어려움도 있을 텐데요.
<u>⁵기대했던 것과 달리 어려운 점이 있다면 무엇인가요?</u>
<u>하고 싶은 것과 해야 하는 것 사이에서 발생하는</u>
<u>스트레스는 없나요?</u>

돈에 얽매이기 싫어서 시작한 직업이 책방이라는
공간인데, 막상 책방을 운영하고 보니 돈을
걱정하지 않을 수 없더라고요. 책 한 권 팔아서
남는 수익이 얼마 되지 않고, 하루에 한 권 파는
일도 쉽지 않거든요. 책방 외에 다른 일을 병행하고
있지만 그것도 쉽지 않아서 매일같이 무너지는
마음을 다잡고 있습니다.

디자이너 나가오카 겐메이는 장기침체 시대일수록
사람들은 '제대로 된' 물건을 사고 싶어 한다고 말합니다.
물건을 사기 위해 공부하고 점원-제작자-구매자 간에
교류가 일어나기 시작하면서 '커뮤니티'라는 말이
사용된다는 겁니다. 그의 말처럼 전국 구석구석에 자리한
독립 서점은 책과 사람의 '관계'를 만드는 일을 통해
작은 커뮤니티를 형성하고 있습니다. 서점에서 일하며
책을 통해 사람과의 관계를 어떻게 만들어가나요?
책과 독자의 관계를 위해 어떤 '제안'을 하는지
궁금합니다.

책은 굳이 책방서로를 통해 구매하지 않아도 보다
저렴한 가격에 하루면 배송되는 온라인 서점에서
구매할 수 있습니다. 책방서로는 글 '서書'에
길 '로路'를 사용하는데, 책으로 여러 사람과 관계를
맺는다는 의미가 있습니다. 처음에는 막막했어요.
어떻게 하면 책과 책방과 독자의 관계를 유지하고
좀 더 좋은 방향으로 나아가야 할까, 고민이
많았죠. 요즘은 책과 독자, 그리고 작가를 연결해
이야기하는 시간을 가지려고 노력 중이에요.
독자의 반응도 좋고요.

기타다 히로미쓰의 『앞으로의 책방』을 보면
소설에 등장하는 물건을 경매 형식으로 판매하는 책방,
아이들만 들어갈 수 있는 작은 방이 있는 서점,
잠을 자면서 본 꿈을 책으로 만들어주는
숙박할 수 있는 서점 등 다양한 형태의 새로운 서점을
소개하고 있습니다. 책방 문화의 최전선에서
[7]
앞으로의 책방/서점 문화는 어떻게 펼쳐질 것으로
예상하나요?

글쎄요. 당장 내일 문을 닫아도 어색하지 않은
서점을 운영하고 있어서 서점의 미래를 예상하는
일이 쉽지 않습니다. 다양한 장르의 책방이
생겨나고 동시에 닫고 있습니다. 결국 살아남는
책방이 좀 더 단단해지고 다양한 문화를
만들어가겠죠.

책방서로

1   서점을 오픈할 때 셀프 인테리어를 했다고 들었습니다.
    직접 공간을 꾸민 이유는 무엇인가요? 공간을 구성할 때
    중요하게 생각했던 부분은 무엇이었나요?

2   서점 가운데 놓인 큰 테이블이 인상적입니다.

3   책방을 '한국 소설 중심 소규모 서점'이라고 소개하고 있습니다.

4   최근 한국 소설의 변화를 어떻게 바라보시나요? 지난 2-3년을
    기점으로 《릿터Littor》 등 새로운 문학잡지가 출현하고, 소설가
    김애란에서 최은영으로 이어지는 어떤 변화도 느껴지거든요.
    페미니즘, 젠더 등의 주제 의식이 깊어진 것도 눈에 띄고요.

5   저자와의 만남, 강연 등 행사를 꾸준히 진행해온 걸로 알아요.
    이런 모임은 책방과 독자에게 어떤 의미일까요?

1

　서점 인테리어를 스스로 한 건 돈이 없어서였어요.
(웃음) 공간 디자인을 하는 친구에게 도움을 받았습니다.
책방을 해야겠다고 마음먹은 건 2014년이었어요. 서점을
많이 다녔죠. 그런데 대부분 인테리어가 비슷하더라고요.
겉모습은 달라도 서가 구성이 비슷했어요. 저는 조금
차별화를 꾀하고 싶었어요. 책방서로의 인테리어는 조금
차갑게 느껴집니다. 책 자체가 따뜻하니까 여러 의미를
담고자 했거든요. 세상살이가 워낙 빡빡하고 삭막하잖아요.
그래서 대비효과를 주고 싶었습니다.

2

　서점 한가운데에 둔 커다란 테이블이 인상적이라는
얘기를 많이 들어요. 참고로 테이블 위에 놓인 책은
판매용이 아닙니다. 가끔 "왜 책을 판매하지 않으세요?"라고
질문하는 분들이 있긴 해요. 물론 책장에 꽂혀 있는 책보다
테이블에 놓인 책이 확실히 판매가 잘됩니다. 그저 서점을
찾아오는 분들이 편히 머물다 가시면 좋겠어요.

3

　책방서로를 '한국 소설 중심 소규모 서점'이라고
소개하곤 합니다. 제가 자주 읽는 책을 판매하고 있어요.
처음 서점을 해야겠다고 마음먹었을 때는 독립 출판물을
파는 독립 서점을 생각했지만, 2015년 초 땡스북스와

유어마인드 대표의 강연을 들으며 좀 더 특화된 서점을
해야겠다고 다짐했습니다. 그게 한국 소설을 중심에 둔
책방이었어요. 제가 아는 책, 읽은 책을 판매한다는 원칙도
잊지 않고 있습니다.

4

　여성 소설가가 쓴 책을 좋아합니다. 최근 한국 소설은
페미니즘과 퀴어 문학이 이끌어가고 있어요. 개인적으로도
이런 변화를 긍정적으로 봅니다. 그렇다고 제가 페미니스트는
아니에요. 생물학적으로 남성이니까요. 남성이지만 여성을
이해하고 바라보려고 페미니즘 소설을 챙겨 읽고 있습니다.
강남역 살인사건 이후 여성 독자들이 관련 도서를 많이 찾고,
그에 맞춰 출판사들도 잘하고 있어요. 저도 남성 독자들이
『82년생 김지영』을 구매하면 10퍼센트 할인을 해드리고
있습니다. 페미니즘과 퀴어 문학이 더 많이 나왔으면 합니다.

5

　처음 서점을 시작하며 저자와 독자의 만남을 기획했어요.
그런데 출판 경험이 없다보니 고생을 많이 했어요. 지금도
부족한 점이 많지만 서점을 아껴주는 분들을 위해 계속
진행하고 있습니다. 서점을 자주 찾아오는 분들에게 여쭤요.
어떤 작가를 좋아하는지. 그 작가분이 섭외되면 정말
좋아하시더라고요. 얼마 전, 최은영 작가님을 모셨는데

많은 분들이 좋아하셨어요. 책방서로의 목표는 단골 50명을
확보하는 겁니다. 그분들이 꾸준히 방문해주시면 운영에
지장이 없거든요. (웃음) 물론 행사가 있는 날은 혼이
빠지곤 해요. 준비를 많이 해야 하니까요. 고생한 만큼
돈이 되는 것도 아니고요. 참가비를 작가님에게 드리거든요.
행사 때 10분이 오셔서 두 권 팔면 다행이에요. 그래도
책방을 아껴주시는 손님들이 좋아하시고, 그것을 계기로
새로이 손님이 되어주셔서 괜찮습니다. '책방서로에 가면
어떤 소설가의 친필 사인본이 있더라'라는 입소문이 나기를
바라봅니다.

　　도서정가제를 놓고 여전히 의견이 다양합니다.
저는 공급률이 동일해야 한다고 생각해요. 출판사는
대형 서점과 위탁 판매를 하지만, 저희 같은 소규모 서점에는
현금 매입을 원해요. 같은 공급률로 위탁하면 좋을 텐데요.
그럼 소규모 서점도 10퍼센트 할인을 할 수 있어요.
손님들도 책에 대한 생각을 바꾸면 어떨까요.
책을 할인해달라고 하시는 분들이 종종 있거든요. 그런데
대형 서점에서 책을 살 때는 할인해달라고 안 하잖아요.
카페에서 커피를 할인해달라는 사람도 없고요,
온라인 서점의 영향 때문인지 책이란 당연히 할인해서
구입해야 한다는 인식이 있어요. 그게 좀 아쉬워요.

동시대
도시 이야기가
흐르는 공간

책방 연희
구선아 대표

주소. 서울시 마포구 와우산로35길 3 B1F
영업시간. 수-토 12:00-19:00 (때때로 변경)
Instagram. @chaegbangyeonhui

66

독립 서점은
우리 시대 대안문화 공간입니다.
서점의 장소적 특징과 운영자의 성향에 따라
그 문화는 더욱 확장될 거예요.
자기가 잘하는 일, 가장 좋아하는 일을 하는
독립 서점이 많아지길 기대합니다.

독립 서점을 운영하게 된 혹은 일하게 된 동기가
궁금합니다. 어째서 책방이 하고 싶었나요?
일하는 공간이 책방이어야 한 이유는 무엇이었나요?

솔직히 책방을 운영하고 싶다는 생각을 해본 적은
없었어요. 대형 서점과 중고 서점을 주로 다니던
소비자이자 독자였죠. 그런데 도쿄에 여행을
갈 때마다 수백 개 서점이 모여 있는 진보초에
들르고, 네즈에 있는 작은 책방에 갔었어요.
사람들이 이야기하는 츠타야 서점도 흥미로웠지만,
저는 작은 책방이 매력적이더라고요. 그러다 우연히
서촌에 있는 독립 서점에 들렀다가 '서울에도 이런
곳이 있구나' 하며 관심을 갖게 되었어요. 그렇게
자연스럽게 서점을 기록하고, 회사에 다니며 서울의
동네와 동네 서점을 탐방한 『여행자의 동네서점』을
출간하고, 제주도의 서점 이야기를 담은 『바다
냄새가 코끝에』를 쓰게 되었어요. 그때는 지금처럼
서점 관련 책이 많지 않았어요. 그 시기 몇몇
사람에게 '팝업 책방'을 하고 싶다는 말을 했었어요.
햇볕 좋은 주말, 푸른 잔디가 깔린 광장 옆에서
예쁜 리어카에 책을 두고 팔고 싶다고요. 그때는
회사를 그만둘 생각이 없었거든요. 책 리어카를

디자인해서 사람들에게 보여주기도 했어요.
그렇게 자연스럽게 책과 책방에 관심이 갔어요.
그러다가 제 말을 귀담아들어준 도시콘텐츠 회사
대표가 빈 공간이 있다며 진짜 책방을 해보지
않겠느냐고 물어왔어요. 운 좋게 타이밍이 맞아
작업실 겸 책방을 시작하게 된 거죠.

문을 열고 닫을 때까지,
서점의 구체적인 하루 일과가 궁금합니다.

책방 연희는 일주일에 4일 또는 5일 열어요.
책방에 오면 먼저 음악을 틀고, 작은 향초를 켜요.
서점의 일은 크게 네 가지예요. 책 관련 일과
커뮤니티 관련 일, 온라인 업무, 그리고 각종
미팅이죠. 책 관련 일은 기본적인 서점 일인데요.
도착한 택배를 풀어 책을 정리하고, 책을 판매하고,
필요한 책을 주문하죠. 온라인으로 주문이 들어온
책은 포장해서 그날그날 계약된 택배회사를 통해
발송합니다. 두 번째는 커뮤니티 관련 일인데,
매달 4-5회 진행하는 클래스를 두 개, 작가와의
만남 같은 북 토크 두 개를 진행하고 있어요.
강좌나 작가와 함께하는 행사를 한 달에 한두 개

진행하고 있고요. 모임이나 행사가 있는 날은
참가자를 확인하고, 안내 문자를 보내고, 책방을
용도에 맞게 정리해요. 제가 직접 진행하기도
하고요. 세 번째는 온라인 업무인데, 인스타그램을
중심으로 페이스북과 블로그를 운영합니다. SNS로
책을 소개하고 행사를 알리죠. 온라인 스토어팜에
독립 출판물을 소개하고 판매하고 있고요.
네 번째는 책을 들고 방문하는 독립 출판 제작자나
출판사 마케터, 편집자와의 만남이 있어요.
그 밖에 개인적인 일을 하거나 읽고 쓰는 삶을 위한
일을 합니다. 물론 모든 일이 하루에 일어나기도
하고, 한두 가지만 일어나기도 해요. 어떨 땐
일주일에 걸쳐 일어나기도 하죠.

우리에게 '츠타야'로 알려진 컬처 컨비니언스 클럽[ccc]의
최고경영자 마스다 무네아키는 수많은 플랫폼 가운데
고객에게 높은 가치를 부여할 수 있는 상품을 '선택'하고
'제안'하는 곳이 살아남는다고 말합니다. 대형 온오프라인
서점이 존재하는데도 굳이 독립 서점을 찾는 것도 서점들의
고유한 '제안 능력'에 매력을 느끼기 때문일 텐데요.
[3]
우리 서점에 적합한 책을 고르는 기준,
우리 서점만이 가진 서가 운영 원칙이 궁금합니다.

책방 연희는 독립 출판물과 일반 도서를 반반 정도 판매합니다. 원칙은 좀 거창한 것 같고 지향하는 책은 있어요. 첫 번째는 '도시인문학 서점'이라는 서점의 콘셉트처럼 동네와 도시 이야기를 담은 책을 좋아합니다. 여행, 건축, 인문, 예술, 문학 등 장르에 관계없이 지역성, 장소성, 도시성을 담은 책들을 추천합니다. 독립 출판물도 도시에서 살아가는 일이나 도시 이야기를 담은 출판물을 우선적으로 받고 있어요. 두 번째는 읽고 쓰는 삶에 도움을 주는 책을 골라요. 글쓰기, 공부, 책을 테마로 한 책이나 영감을 불러일으키는 예술 관련 책들이에요. 마지막으로 콘텐츠로서 가치 있는 책을 고르고 있어요. 책 한 권이 하나의 콘텐츠로 얼마나 가능성이 있는지를 알아가고 있거든요. 그 밖에 어른을 위한 그림책과 문학이 있고, 때에 따라 페미니즘 같은 시의성 있는 코너를 마련하고 있습니다. 사실 가장 중요한 건 책방 연희와 어울리는, 책방 연희에 가면 있을 것 같은 분위기의 책을 고르는 것입니다. 책방에 자주 오는 손님들이 종종 하는 말이 있어요. "이 책은 책방 연희에 있을 것 같았어요."라는 말인데요. 명확하게 설명하기는 힘들지만 책방 연희와 어울리는 책의

책방 연희

이미지나 정체성이 그 손님들에게는 생겨났다는 거죠. 참 애매한 기준인데요. 책을 읽을 때 맥락적 읽기라는 게 있잖아요. 독자에게 책방 연희만의 맥락적 읽기를 제안하는 것이기도 합니다.

인스타그램, 페이스북 등 SNS 마케팅은 선택이 아닌 필수가 되었습니다. 『마케터의 일』의 저자 장인성 씨는 경험을 저장하고 공유하고 인출하고 성장시키는 데 소셜미디어가 좋은 수단이 된다고 말합니다. [4]SNS를 통한 고객과의 커뮤니케이션은 어떻게 하고 있나요? 우리 서점만의 SNS 핵심 스토리텔링은 무엇인가요?

어떤 스토리를 가지고 운영하고 있지는 않아요. 처음에는 페이스북을 오픈했고, 인스타그램, 블로그 순서로 오픈했어요. 각기 다른 채널을 운영하다보니 타깃과 기능이 달라지고, 그에 따라 콘텐츠도 달라지더라고요. 다만 스토리텔링의 기준은 책방을 운영하는 저의 이야기가 아니라 책방 연희에 중심을 두고 있어요. 인스타그램은 소소한 책 소개와 책방 일상을 중심으로, 페이스북은 인스타그램에 올리는 내용 가운데 운영 시간 변경이나 행사 등 중요한 정보를 올립니다.

블로그에는 각종 공지, 행사 내용, 클래스 정보를 세세하게 올려요. 그리고 주제를 정해 책을 소개합니다. 블로그가 홈페이지 역할을 하는 거죠. 사실 자연스럽게 책방 연희만의 분위기가 SNS에도 형성된 것 같아요. 공간의 분위기, 책 큐레이션의 분위기, 프로그램의 분위기 등이 SNS에도 묻어나는 거죠. 이렇게 보면 책방 연희 SNS의 핵심 스토리텔링은 책방 연희의 분위기인 것 같네요.

서점에서 일하는 것도 결국 '일'이기에 즐거움 못지않게 어려움도 있을 텐데요. 기대했던 것과 달리 어려운 점이 있다면 무엇인가요? 하고 싶은 것과 해야 하는 것 사이에서 발생하는 스트레스는 없나요?

제가 하는 일은 나를 위한 일을 하고 싶어서 선택한 거예요. 그래서 회사를 그만둔 거니까요. 물론 하고 싶은 일만 할 수는 없죠. 그래도 회사를 다닐 때보다 책방은 하고 싶은 일도, 해야만 하는 일도 내 일이라는 거예요. 가장 어려운 건 독립 서점이나 동네 서점이 미디어에 소비되면서 서점을 공유재로 생각하는 사람들이 있다는

거예요. 책은 무료로 보는 것이다, 서점은 책을
사지 않아도 드나들어도 되는 공간이라고 생각하는
사람들이 있어요. 그건 도서관의 역할이에요.
대형 서점이든 작은 독립 서점이든 서점은 공유재가
아니에요. 서점에서 거의 화보를 찍듯이 사진을
찍거나, 책은 사지 않은 채 온갖 책 사진을 찍는
사람, 과도한 서비스를 요구하는 경우가 있어요.
그런 손님을 마주할 때는 힘이 들어요.

디자이너 나가오카 겐메이는 장기침체 시대일수록
사람들은 '제대로 된' 물건을 사고 싶어 한다고 말합니다.
물건을 사기 위해 공부하고 점원-제작자-구매자 간에
교류가 일어나기 시작하면서 '커뮤니티'라는 말이
사용된다는 겁니다. 그의 말처럼 전국 구석구석에 자리한
독립 서점은 책과 사람의 '관계'를 만드는 일을 통해
작은 커뮤니티를 형성하고 있습니다. 서점에서 일하며
책을 통해 사람과의 관계를 어떻게 만들어가나요?
[6]
책과 독자의 관계를 위해 어떤 '제안'을 하는지
궁금합니다.

독립 서점은 많은 '관계'가 이루어지는 곳이에요.
책과 독자, 책과 책방, 독자와 책방, 독자와

운영자와 창작자, 독자와 작가 사이의 관계가
형성됩니다. 그중에서도 책방 연희는 독자에게
책을 발견할 기회를 주고, 책과 새로운 관계를
맺는 기회를 주고 싶습니다. 베스트셀러나 잘
팔릴 것 같은, 어디에서나 잘 팔리는 책이 아니라
책방 연희에서 만나 읽고 싶고 사고 싶은 책을
소개하기 위해 메모를 쓰고, SNS에 큐레이션된
메시지를 알리고, 작은 전시를 열고, 북 토크를
열고 있어요. 모임과 행사는 독자에게 책의
무엇을 발견할 기회, 관계 맺기를 시작할 기회를
주는 일이라고 생각합니다. 또한 책방 연희에서
독립 출판 제작자와 사진, 회화, 드로잉 등 다른
분야의 창작자가 새로운 기회를 얻을 수 있으면
좋겠습니다. 전시를 열고, 협업하여 새로운
콘텐츠를 만들면서 독자와 소비자와 관계를
맺을 수 있도록 돕고 있습니다. 관계 맺기가
일어나면 책방이 곧 창작자의 플랫폼이고, 독자의
플랫폼이고, 책 문화의 플랫폼이 될 수 있다고
생각하고요. 그리고 책방 연희는 책과 독자의
관계를 위해 책방 연희라는 공간에서뿐만이
아니라 다양한 곳에서 확장적인 콘텐츠를
선보이고 있습니다. 제주 애월에서도 작은 책문화

공간을 협업하여 운영하고 있고요. 양양에서도
매년 여름마다 영화제와 함께 북스테이를 통해
여러 독자를 만나고 있습니다. 또 책 이야기,
책방 이야기를 보다 재밌지만 깊게 나누기 위해
홍대 앞 책방들과 함께 <책방TV>라는 유튜브
채널도 시작했고요.

기타다 히로미쓰의 『앞으로의 책방』을 보면
소설에 등장하는 물건을 경매 형식으로 판매하는 책방,
아이들만 들어갈 수 있는 작은 방이 있는 서점,
잠을 자면서 본 꿈을 책으로 만들어주는
숙박할 수 있는 서점 등 다양한 형태의 새로운 서점을
소개하고 있습니다. 책방 문화의 최전선에서
[7]
앞으로의 책방/서점 문화는 어떻게 펼쳐질 것으로
예상하나요?

전국에 독립 서점이 400여 개 정도 된다고
하더라고요. 독립 서점을 주제로 한 책과 언론
보도도 많고요. 하지만 아직까지 독립 서점은
과도기라고 생각합니다. 자립해서 지속 가능한
수준으로 운영되는 서점은 많지 않거든요.
콘셉트도 다르고 다양한 것처럼 보이지만

속을 들여다보면 비슷한 책, 비슷한 프로그램,
비슷한 실내 장식을 가진 책방도 많고요.
하지만 앞으로 더욱 다양하고 분화되고 단단한
책방이 생길 거라고 봅니다. 책 중심이든,
커뮤니티 중심이든, 아카데미 형식을 따온
책방이든 그건 운영자의 선택이고, 운영자의
취향을 넘어 능력과 가치관, 전문성에 따라 형태를
잡아갈 겁니다. 확실한 건 독립 서점이 기존의
서점 개념을 벗어나고 있다는 거예요. 대안문화
공간으로 다양한 형태를 만들어가고 있어요.
앞으로의 책방이 더욱 기대됩니다.

책방 연희

책방 연희

1   책방 연희는 '도시인문학 서점'이라는 콘셉트로 책방을 운영하고
    있는데요. 다양한 도시에 관한 글을 읽고 쓰고 경험해온 것을 바탕으로,
    서점이 위치한 '홍대'라는 지역은 대표님께 어떤 느낌을 주나요?

2   연희동에서 홍대 앞 지금 장소로 옮긴 가장 큰 이유는 무엇인가요?

3   홍대 앞은 젊은 층의 취향과 특성을 가장 빠르고 직접적으로
    맞닥뜨리는 지역인데요. 독립 서점을 운영하며 지금-여기 청춘들이
    가장 공감하는 키워드는 무엇이라고 생각하나요?

4   지금까지 다양한 이벤트를 통해 많은 작가들과 협업을 해왔습니다.
    협업하는 과정에서 놓치지 말아야 할 책방 연희만의 정체성은
    무엇이라고 생각하나요?

5   책방의 위치를 정하고, 다양한 협업을 하고, 책을 입고시키고 거르는 등
    매일 수많은 선택의 순간을 거쳤을 텐데요. 후회하거나 아쉬운 선택은
    없었나요? 서점을 운영하며 비즈니스적으로 중요한 기회를 놓쳤을 때
    스스로를 위안하는 방법이 따로 있나요?

1

　책방 연희는 연희동을 거쳐 지금 공간까지 넓은 의미로
'홍대'에 자리하고 있습니다. 홍대라는 지역이 확장되어서
연희, 연남, 합정, 상수까지를 통틀어 말하게 되었거든요.
동네 이름이 다르듯이 저마다 장소성이 달라요. 지금 책방
연희가 있는 곳은 책거리가 있고, 신촌과 이어져 있어서 또
달라요. 번잡한 홍대가 아니라고 할까요. 사람이 쓸려 왔다가
쓸려 나가는 것을 선호하지 않는 저에게 적당한 곳이죠.
홍대라는 지역은 도시의 하위문화가 만들어지고, 창작자가
가장 많이 모이는 동네였고, 동네이고, 앞으로도 유지될
거라고 생각합니다. 음악, 미술, 패션, 거리예술, 골목상권,
음식, 그리고 독립 출판과 독립 서점까지 홍대를 빼놓고는
말할 수 없는 문화죠. 저는 그런 홍대라는 지역이
현 도시문화 감각이 가장 살아있는 지역이라고 생각해요.
그중 지금 책방 연희가 있는 지역은 보다 책 문화를 나누기
좋은 장소성을 가지고 있다고 생각하고요. 그렇다고 홍대가
서울에서 가장 좋다거나 좋아하는 동네라는 것은 아니에요.
저는 서울이란 도시를 좋아하고, 서울 안의 동네들을
좋아해요. 동네마다 비슷한 듯 보이지만 역사가 다르고,
스토리가 다르고, 사는 사람이 다르죠. 책방 연희의 특성이나
방향성이 지금 이곳과 어울린다고 생각할 뿐이죠.

2

연희동에서도 상업 지구가 아니라 주택 사이에 있었어요.
조용하고 서울 같지 않은 곳이었죠. 그때는 서점보다 작업실,
스튜디오에 집중했었어요. 그리고 지역주민과 함께하는
지역밀착형 서점을 생각했었고요. 그런데 서점이 있던
연희동의 특성이나 저의 성향이 지역밀착형 공간이 맞지
않더라고요. 여러 시행착오를 겪으며, 처음 서점을 준비할
때와 생각도 변했고, 저의 상황도 변했고요. 또 처음 서점을
열 때 공간 지원을 받은 거라서 공간 지원 기간이 끝나면
이전을 해야만 하는 상황이었고요.

그렇게 공간 지원 기간이 끝날 무렵 연희, 연남, 합정,
상수를 알아보고 있었어요. 책거리가 지척에 있다는 점,
지하철역이 가깝다는 점이 컸어요. 장소를 옮기면서 서점
성향도 지역 밀착형에서 네트워크형으로 변화했어요.
지하 1층을 선택한 이유는 1층이 비싼 것도 있지만, 대부분
평수가 작더라고요. 수업, 북 토크 등 행사를 운영하려면
최소한 지금 공간이 되어야 했어요.

3

홍대 지역이나 독립 서점이라고 해서 젊은이들만 오는
것은 아니에요. 홍대는 1990년대부터 젊은이들의 거리여서
당시 이십 대였던 분들이 나이가 든 지금도 즐겨 찾아요. 책방
연희는 삼사십 대 고객이 훨씬 많아요. 홍대는 본래 미술,

패션, 쇼핑, 출판 등 '도시 하위문화'가 밀집한 곳이잖아요.
홍대만 놓고 보면 독립 서점을 젊은이들만의 키워드로
보기에는 어려운 것 같아요.

　　독자들이 선호하는 키워드는 여러 가지가 있겠지만
굳이 꼽아야 한다면 '소확행'이 생각납니다. 사실 즐겨 쓰거나
좋아하는 말은 아닙니다. 실험적인, 적극적인 시도보다는
일상에서 작은 행복을 찾으라는, 어쩌면 지금 있는 그 자리에서
열심히 살라는 말처럼 들리기도 하거든요. 요사이 유행하는 듯
보이지만, 사실 소확행은 예전부터 있었어요. 많은 사람이
잘 알고 있듯이 1994년 출간된 무라카미 하루키 수필집에
등장한 용어고요. 카페나 독립 서점, 편집 숍 등 예쁜 공간을
찾는 일이 요즘 도시에서 사는 사람들의 소확행인 것 같다는
생각이 들어요. 그리고 '가치소비'라는 키워드도 떠오릅니다.
미니멀 라이프를 추구하다가도 자신이 원하는 것에 과감하게
투자하는 사람들이 많아졌어요. 점심은 편의점 도시락을
먹을지언정 책을 좋아하면 5만 원, 10만 원어치를 사는
가치소비를 체감하고 있어요. 자신이 직접 가치소비를
창출하려는 움직임도 눈에 띕니다. 독립 출판물을 만들거나
각종 수업이나 행사에 적극적으로 참여하는 등 생산하면서
소비를 병행하는 사람들이 독립 서점을 즐겨 찾는 것 같아요.

　　독립 서점에서 벌어지는 일들이 새로운 일은 아니에요.

1990년대 홍대를 중심으로 대안문화 공간에서 이루어졌던 일들이 독립 서점으로 이어진 거라고 봐요. 공연, 전시, 수업, 문화 행사 등을 포괄하는 독립 서점이 우리 시대 대안문화 공간이 되었다고 할까요. 분명한 건 서점이 위치한 장소적 특징과 운영자의 성향에 따라 독특한 문화가 독립 서점에서 형성되고 있다는 거예요.

4

책방 연희는 아직 정체성을 만들어가는 중입니다. 다만, 독립 서점 기반의 로컬 플랫폼 또는 크리에이터 플랫폼이 되길 꿈꿉니다. 이처럼 제가 원하는 방향성을 염두에 두고 수업, 북 토크, 협업에 신경을 쓰고 있어요. 워낙 비슷한 공간이 많아서 다른 곳과 차별화하는 수업과 행사가 중요하다고 봅니다. 그렇다고 단순히 '서점 운영자'로만 비춰지고 싶지는 않아요. 서점 일은 제가 하는 여러 일 가운데 하나이고, 개인의 정체성이 책방의 정체성과 맞물린다는 점도 의식하고 있어요. 물론 책방 연희에서 가장 중요한 것은 책이 중심이 되는 일이에요. 책이 진지하고 고귀한 거라고 생각하지는 않지만 책을 중심에 놓고 싶어서 음료를 판매하는 등 다른 요소를 지양하고 있어요. 제가 동시대의 도시성과 장소성에 관심이 많고, 도시사회학을 박사 과정으로 공부하고 있다보니 서점의 정체성도 그렇게 흐르고 있어요. 작위적으로 콘셉트를 정하기보다 자기가 잘할 수 있는 것, 가장 좋아하는 것을 하면 된다고 봅니다.

5

　책방을 열기 전에는 대기업을 9년 정도 다녔어요. 10년 차 기념으로 퇴사를 한 거죠. 그땐 서점 순익의 몇 배가 되는 급여를 받았죠. 기회와 선택은 결국 본인이 기준이 된다고 봐요. 대기업을 그만두고 서점이라는 제 일을 시작한 것부터가 첫 번째 선택이었던 거죠. 첫 번째 선택을 하며, 본격적으로 읽고 쓰는 삶이 시작되었습니다. 매일 무언가를 읽고, 쓰고 있죠. 그게 SNS 포스팅이기도, 책에 붙이는 메모이기도, 책 작업이기도, 논문이기도 하고요. 기회는 어떻게 올지 몰라요. 하나를 선택하면 다른 기회가 자연스럽게 따라오거나, 아니면 그로 인해 다른 기회를 놓칠 수도 있어요. 그렇기에 어떤 것이 좋고 나쁘다 할 수 없어요. 어떤 선택이든지 일단 결정하면 또 다른 기회가 온다고 믿으려고 합니다. '이 책을 입고하지 말았어야 했는데'부터 여러 후회의 순간이 있지만 어쩔 수 없는 것 같아요. 책방과 관련된 비즈니스도 기회인 줄 몰랐다가 돌아보니 좋은 기회였다는 걸 깨닫게 되더라고요. 반대로 기회인 줄 알면서도 붙잡지 못할 때도 있어요. 그렇다 해도 그것이 내 삶의 전부는 아니니까 집착도 후회도 하지 않으려 합니다.

당신의
진짜 취미는
무엇인가요?

취미는 독서
김민채 대표

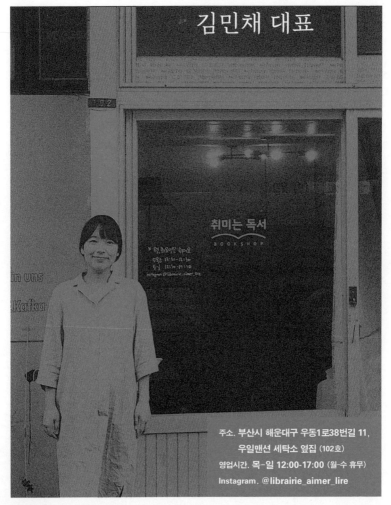

주소. 부산시 해운대구 우동1로38번길 11,
우일맨션 세탁소 옆집 (102호)
영업시간. 목-일 12:00-17:00 (월·수 휴무)
Instagram. @librairie_aimer_lire

66

어느 순간부터 변질된
'취미는 독서'라는 말이
제 뜻을 되찾았으면 하는 마음으로
이름을 결정했어요.
책방을 통해 독서라는 취미 생활을
발견하는 사람들이 생겨나고,
당당하게 "내 취미는 독서야"라고
말하길 바라는 마음으로요.

독립 서점을 운영하게 된 혹은 일하게 된 동기가
궁금합니다. 어째서 책방이 하고 싶었나요?
일하는 공간이 책방이어야 한 이유는 무엇이었나요?

결혼하면서 서울에서 부산으로 이사했어요.
출판사 편집자로 일하다가 회사를 그만두고
낯선 곳으로 옮겨오면서 일과 직업을 새롭게
고민해야 했어요. 출판사에 다시 취업하는 것이
마음 편하고 경력도 살릴 수 있는 방법이었지만
부산에서 일할 수 있는 출판사는 극히 소수였어요.
그중에서도 저의 가치관과 취향에 맞는 책을
만드는 출판사를 찾기는 더더욱 어려웠습니다.
그래서 다른 방향을 고민했어요.

경력을 살릴 수 있는 비슷한 일을 해보면
어떨까 하던 차에 사보 에디터로 디자인 회사에
취업할 기회가 생겼습니다. 면접을 봤고,
회사에서는 일해주길 원한다고 연락이 왔어요.
연봉을 조율해야 해서 딱 하루만 고민할 시간을
달라고 정중히 부탁했습니다. 그날 밤, 잠을 이루지
못한 채 수많은 생각을 했습니다. 우연한 기회로
갔다가 정규 사원으로 합격 통보까지 받았으니
'그냥 이렇게 꼬박꼬박 월급 받으며 살까?' 하는

생각이 머릿속을 채웠고, 그 때문에 여러 자아가
다투기 시작한 거죠.

　　공책을 펼쳐 고민하던 것들을 적으며
생각을 이어갔어요. 결국 모든 고민은
'내가 가장 원하는 것, 꿈꾸는 것은 무엇인가?'로
가닿았습니다. 내 이름을 걸고 글을 쓰는 것,
책을 만드는 것, 나로 인해 비롯된 시공간을
만드는 것, '나'라는 한 인간이 온전한 브랜드가
되는 것. 공책에 그렇게 적으니 수많은 질문들이
구름 걷히듯 사라지더라고요. '창업을 하자. 공간을
열고, 글을 쓰고, 계속해서 책을 만들자. 모든 것에
내 이름을 걸고 책임지고, 온전히 나로,
나답게 살자. 내가 사랑했던 풍경을 여기에 만들자.
이 도시가 오롯이 내 것이 되게 하자.' 그렇게
책방을 열기로 결심했어요. 사실 '꼭 책방이어야
한다'는 이유는 없었지만, 내 이름을 걸고
내 브랜드를 만들면서 계속 출판편집을 할 수 있는
공간이 책방이었던 거예요.

문을 열고 닫을 때까지,
서점의 구체적인 하루 일과가 궁금합니다.

⓪ 전날 10번에서 정리해둔 도서 목록을 토대로
책을 주문합니다.

① 청소를 하고 입간판과 음악을 세팅한 후
오픈합니다.

② 종이봉투에 로고 도장을 찍고 카드 단말기를
충전하는 등 판매에 필요한 것들을 점검합니다.

③ 이전 카드 판매분 입금액을 확인하고
판매 목록과 대조해 장부에 기록합니다.

④ 책이 진열된 상태를 확인합니다.
기분이나 이슈에 따라 재배치합니다.

⑤ 그날의 책방 소식을 SNS에
업로드합니다.

⑥ 외주 교정 업무를 보거나 글을 쓰며
손님을 맞이합니다.

⑦ 책 택배가 도착하면 서가에 배치해줍니다.
SNS에 입고 소식도 전합니다.

취미는 독서

⑧ 새 책 및 베스트셀러 등 온라인 서점 동태를 살핍니다.

⑨ 손님들에게 소개하고 싶은 책을 다시 읽거나 제가 읽고 싶은 책을 읽기도 합니다.

⑩ 판매 목록과 재고를 살피고 8번에서 얻은 정보와 취합해 다음 주문 목록을 만듭니다.

⑪ 내일은 더 좋을 거라 긍정하며 퇴근합니다.

우리에게 '츠타야'로 알려진 컬처 컨비니언스 클럽[CCC]의 최고경영자 마스다 무네아키는 수많은 플랫폼 가운데 고객에게 높은 가치를 부여할 수 있는 상품을 '선택'하고 '제안'하는 곳이 살아남는다고 말합니다. 대형 온오프라인 서점이 존재하는데도 굳이 독립 서점을 찾는 것도 서점들의 고유한 '제안 능력'에 매력을 느끼기 때문일 텐데요.

[3] 우리 서점에 적합한 책을 고르는 기준, 우리 서점만이 가진 서가 운영 원칙이 궁금합니다.

취미는 독서

책방 주인인 저의 취향과 가치관을 토대로 책을 고르기 때문에 구체적인 키워드를 제시하기는 어렵습니다. 읽어보고 좋았던 책, 출판계 사람들의 리뷰를 통해 좋다고 추천받고 나 역시 읽어보고 싶은 책, 무엇보다 내 돈 주고 살 수 있는 책으로 서가를 구성합니다. 책은 '물건'이어서 '돈'을 주고 사는 거잖아요. 그래서 '사는 사람' 입장에서 많이 생각해요. 힘들게 번 돈으로 책을 샀는데 내용이 형편없다면 배신감이 들 테니까요. 내용이든 만듦새든 돈을 주고 산 사람이 배신감을 느끼지 않았으면 하는 마음으로, 구간 도서는 온라인 서점과 개인 블로그, 서평집을 통해 리뷰를 살핍니다. 신간은 제가 빠르게 읽어보지 못하면 출판계 사람들의 SNS에 등장하는 빈도와 서평을 두루 살핍니다. 훗날 책방을 닫게 되더라도 우리 집에 챙겨가도 아깝지 않을 만한 책들이라고 표현할 수 있겠습니다. 두고두고 내가 읽어도 좋을, 지인들에게 선물해주고 싶은, 책꽂이에 꽂아두면 내 자식이 읽어도 좋을 만한…….

인스타그램, 페이스북 등 SNS 마케팅은 선택이 아닌 필수가 되었습니다. 『마케터의 일』의 저자 장인성 씨는

경험을 저장하고 공유하고 인출하고 성장시키는 데
소셜미디어가 좋은 수단이 된다고 말합니다.
SNS를 통한 고객과의 커뮤니케이션은 어떻게 하고 있나요?
우리 서점만의 SNS 핵심 스토리텔링은 무엇인가요?

인스타그램과 블로그를 운영하는데, 그중에서도
인스타그램에 주력하고 있어요. 책 소개와 공지
사항을 올리고, 그 외에 책방에서 일어난 소소한
일을 이야기합니다. 책방에 앉아 있으면 어떤 일이
일어나는지, 여기에서 어떤 일을 하는지, 책방의
서가를 꾸리는 저는 어떤 사람인지를 친밀하게
보여주고 싶어요. 가족이나 친구가 다녀간 이야기,
남편과 연애했을 때의 생각들, 주변 가게들과의
일화처럼 지극히 개인적이지만 책방의 분위기나
정서를 보여줄 수 있는 이야기를 올려요.
제가 어떤 생각을 하고 어떤 일상 속에 있는지,
제 이야기를 풀어서 보여주는 것이 '취미는 독서'에
어떤 책이 있을지를 궁금하게 만들어준다고
생각합니다.

서점에서 일하는 것도 결국 '일'이기에
즐거움 못지않게 어려움도 있을 텐데요.

기대했던 것과 달리 어려운 점이 있다면 무엇인가요?
하고 싶은 것과 해야 하는 것 사이에서 발생하는
스트레스는 없나요?

저는 책을 읽는 속도가 느리고, 한 권을 딱
끝내기보다 이 책 저 책 동시에 돌아가며 읽는
편이에요. 그러다보니 SNS를 통해 새 책을
한 권씩 소개하는 일이 생각보다 어려워요.
마음 같아서는 빠르게 읽고 소개 글도 많이 올리고
싶은데. 최소한의 업무만 마쳐도 책 읽을 시간이
많지 않고, 다양한 책을 꼼꼼하게 소개하는 것이
쉽지 않더라고요. 저 역시 책방을 운영하기 전에는
다른 책방에서 보도자료를 편집해 붙여 넣은 듯한
소개를 발견할 때면 '나는 절대 이렇게 하지 말고,
신간도 빠릿빠릿하게 다 읽고 소개 글도 직접 써서
올려야지!' 생각했었는데…… 어려운 일입니다.

누군가를 헛걸음하게 만들지 않는 것은
제가 꼭 해야 할 일이라 믿어요. '영업시간'은
가게 주인과 손님 사이의 약속이라고 생각해서
무조건 지켜요. 다른 가게들을 방문해봤던
손님 입장에서 봤을 때, 따로 공지되지 않은 채
문이 닫혀 있으면 당황스럽고 기분이 좋지

않았거든요. 잠깐 나가는 것도 영 내키지 않아서,
일단 문을 열면 편의점이나 화장실도 마음대로
가지 못하고 자리를 지켜요. 아무래도 작은
책방에서 혼자 일하는 한계일 텐데, 굳이 꼽는다면
그런 사소한 부분이 스트레스인 것 같아요.

디자이너 나가오카 겐메이는 장기침체 시대일수록
사람들은 '제대로 된' 물건을 사고 싶어 한다고 말합니다.
물건을 사기 위해 공부하고 점원-제작자-구매자 간에
교류가 일어나기 시작하면서 '커뮤니티'라는 말이
사용된다는 겁니다. 그의 말처럼 전국 구석구석에 자리한
독립 서점은 책과 사람의 '관계'를 만드는 일을 통해
작은 커뮤니티를 형성하고 있습니다. 서점에서 일하며
책을 통해 사람과의 관계를 어떻게 만들어가나요?
[6]
책과 독자의 관계를 위해 어떤 '제안'을 하는지
궁금합니다.

    '취미는 독서'라는 책방 이름을 지을 때 많이
    생각했던 부분인데요. 창업할 무렵 '취미 박스',
    '취미 배달', '취미 구독' 같은 서비스에 관심이
    많았어요. 매달 취미를 배달 받는다는 사실이
    흥미로워서 저희 책방에도 '구독Subscription'

서비스를 만들어야겠다고 생각했어요. 회원으로 등록하고 구독료를 내면 매달 책방에서 선별한 3-4권의 책을 받아 보는 것이죠. 그 책들을 아우르는 서평을 담은 소식지를 함께 제공하고요.

그런 서비스를 통해 사람들이 자신만의 취미 생활을 찾고, 독서가 취미였던 이들은 '취미는 독서야'라고 당당하고 즐겁게 말하자고 제안하고 싶었어요. '취미는 독서'라는 것이 어느 순간부터 우스꽝스럽게 변질되기도 했고, '취미를 쓰세요'라는 칸에 독서를 적는 것은 쉬운 일이자 동시에 어려운 일이니까요. 하지만 아직 실제 구독 서비스까지는 시작하지 못하고 있고, 책방 매대에 '이달의 취미 책'을 따로 소개하고 있습니다. 매달 주제를 선정해 세 권의 책을 소개하고 소개 글을 함께 배포합니다. 작은 제안이지만 하나의 테마로 엮인 책들이 손님들에게 좀 더 쉽게 다가서기를 바랍니다. 독서에는 별 취미가 없었지만 취미 책으로 소개된 책들로 인해 마음을 열고 독서라는 취미를 갖는 이들도 생겨나기를 꿈꿔보고요.

기타다 히로미쓰의 『앞으로의 책방』을 보면 소설에 등장하는 물건을 경매 형식으로 판매하는 책방,

아이들만 들어갈 수 있는 작은 방이 있는 서점,
잠을 자면서 본 꿈을 책으로 만들어주는
숙박할 수 있는 서점 등 다양한 형태의 새로운 서점을
소개하고 있습니다. 책방 문화의 최전선에서
앞으로의 책방/서점 문화는 어떻게 펼쳐질 것으로
예상하나요?

이미 이런 역할을 하는 책방들이 눈에 띄는데요,
책을 판매만 하는 곳보다는 책을 연구하고 직접
만드는 책방이 더 많아지지 않을까요. 공방이나
실험실, 연구소 같은 개념이라고 할까요.
책을 좋아하는 사람들이 모여 기획과 글쓰기, 편집,
디자인, 제작, 유통 등의 과정을 연구하고 배우는
공간이요. 제작자와 판매자의 경계가 모호해지고,
궁극적으로 어떤 책들을 세상에 살아남도록
애쓰는 공간이겠죠.

취미는 독서

1   독립 서점이 우후죽순 생겨나면서 개인의 좁은 취향을 전시하는 공간이
    많아졌다는 반대 의견도 있습니다. 그런 분위기 속에서 '취미는 독서'는
    어떤 차별점을 설정해서 만들었나요? 그런 시선에 구애받지 않고
    서점 운영자의 어떤 고유한 생각과 '자기다움'을 바탕으로 만들었는지
    궁금합니다.

2   '취미는 독서'라는 서점 이름은 오래전부터 생각해두었던 이름인가요?

3   책을 만드는 편집자와 서점 운영자의 역할을 겸하고 있는데요.
    편집자이기에 서점을 운영하며 특별히 추구하고 싶은 원칙이 있을까요?

4   독립 서점 '일단멈춤' 운영자는 서점을 그만두면서 쓴 『오늘, 책방을
    닫았습니다』라는 책을 통해 "서점은 서점 운영자의 작업실이 될 수
    없다"고 말했는데요. 서점 운영자로서 서점의 '일'을 책임진다는 건
    책을 대하는 시간을 잃어버리는 건지도 모르겠습니다. 서점의 '일'이
    편집자의 일과 책을 쓰는 작가 활동에 어떤 영향을 미치고 있나요?

5   아무래도 부산은 서울보다 독립 서점 수가 적어서 지역 커뮤니티의
    대안공간 역할을 하게 될 텐데요. '취미는 독서'가 지역 커뮤니티와
    공유하는 접점을 마련하기 위해 제안하는 활동은 없나요?

6   서점을 운영하기로 결정한 후, 재정적 고민이 아닌 다른 측면에서
    가장 주저했던 이유가 있었다면 무엇이었을까요? 현재 서점을 운영하는
    가장 큰 원동력은 무엇인지, 반대로 어쩔 수 없이 서점을 그만둬야 하는
    상황이 온다면 마지막까지 그만두는 걸 주저하게 될 이유는 무엇일까요?

1

말씀하신 대로 독립 서점이 참 많이 생겨나고 있습니다.
하지만 '문화적 격차'라는 지점과 연결되면 다른 관점으로
생각할 수 있다고 봅니다. 우후죽순 생겨난다는 표현에
공감하면서도 서울을 제외한 지역에서는 여전히 이런
공간이 필요하다고 생각하거든요. 이런 공간을, 이 공간에서
누릴 수 있는 활동과 분위기를 원하는 사람들은 많지만,
실제로 그런 공간이 많지 않아요(쉽게, 가볍게 갈 수 있는
심리적 반경 내에서요). 그런 작은 차이 때문에 사람들이
자꾸자꾸 서울로 몰리는 거 아닐까요.

그래서인지 책방을 열 때 고유한 생각이라든지
자기다움 같은 거창한 목표는 없었습니다. 그냥 특별할
것 없는 작은 동네 서점을 만든다는 마음이었어요. '내가
사는 곳에 혹은 내가 여행하는 곳에 책을 파는 작은 가게가
있다'는 사실만으로도 사람들의 일상에 큰 의미가 된다고
생각합니다. 좁은 취향이지만 이 공간 덕분에 즐거워하는
누군가가 이곳에서 책을 사고, 책을 이야기하고, 오랫동안
출판계를 지켜줄 독자로 남기를 바랄 뿐입니다.

2

서점 이름을 짓기 위해 좋아하는 것들을 이것저것
뒤져보았어요. 좋아하는 책의 구절도 다시 읽어보고,
좋아하는 노래를 여러 번 들으며 노랫말도 곱씹어보고요.

그러다 문득 가을방학의 <취미는 사랑>이라는 노래가 생각났는데, '취미는 독서'라고 대입해보니 재밌더라고요. 제가 생각하던 책방 이미지와도 맞았고요. 제가 생각하는 책방은 음악이나 디자인, 여행 등 한 분야로 특화되고 전문성을 가진 책방은 아니었어요. 그냥 좀 더 쉽고 가볍게 내가 좋아하는 책, 내 취향, 내 취미를 이야기하는 곳이면 좋겠다 싶었죠. 그래서 이름도 너무 무거워 보이지 않기를 바랐어요.

'취미는 독서'라는 말에 대해 평소에 갖고 있던 생각도 영향을 미쳤어요. 학창 시절 자기소개를 할 때나 이력서를 쓸 때 기본 양식에 '취미/특기'를 써야 하는 칸이 있잖아요. 그중 '취미' 칸에 사람들이 쉽게 써넣는 말이 '독서'이기도 했고, 어느 순간부터는 쓰면서도 왠지 부끄러워해야 했던 말이 '독서'였죠. 그래서 '취미는 독서'를 쓰다보면 친구들끼리도 킬킬거리며 웃었던 분위기가 있었던 것 같아요. "야, 그냥 독서 써, 독서." 이런 뉘앙스랄까요.

어느 순간부터 변질되어버린 '취미는 독서'라는 말이 제 뜻을 되찾았으면 하는 마음으로 이름으로 결정했어요. 책방을 통해서 독서라는 취미 생활을 발견할 수 있는 사람들이 생겼으면 하고, 그런 이들이 당당하게(?) "내 취미는 독서야"라고 말했으면 하는 마음인 거죠.

누군가의 독서 취미가 이 책방을 통해 꾸준히 이어져갔으면 좋겠고요.

3

편집자로서 일하다보면 '만들고 싶지 않지만 팔릴 만한 책'과 '잘 팔리진 않겠지만 만들고 싶은 책'으로 책이 나뉘곤 합니다. 전작이 잘 팔린 작가의 책, 시의성 있고 화제가 될 만한 이슈를 가진 책은 시장성이 있기에, 내 가치관에 상관없이 만들어야 할 때가 있어요. 반대로 대중적이지 않지만 좋은 글을 쓰고 나와 가치관과 결이 맞는 작가의 책인데도 시장성이 없다는 이유로 출간 여부를 고민하거나 제작 부수를 줄이는 경우가 있어요. 물론 저는 일개 실무자이기에 (웃음) 가릴 것 없이 편집부에 주어진 책을 작업해야 하지만, 출판사를 운영하는 대표님들에게는 이 고민이 크게 느껴질 거예요. 잘 팔리지만 마음에 들지 않는 책보다 안 팔려도 좋은 책을 만들고 싶다는 생각이 마음속에 자리 잡고 있을 테니까요.

그런데 이런 고민을 서점을 운영할 때도 똑같이 하게 되더라고요. "○○○이라는 책 없나요?" 하고 사람들이 와서 찾는 책이 있어요. 그 책이 대형 서점 베스트셀러에 오른 책인데도 불구하고 제 입장에서는 그다지 읽고 싶지 않거나 갖고 싶지 않은 책인 경우가 있어요. 한마디로 제 취향이 아닌, 제 가치관과는 다른 이야기를 하는 책인 거죠.
내가 독자라면 그 책은 절대 안 살 것 같은데도, 서점을
운영하는 입장에서는 꾸준히 그 책을 찾는 손님이 있다면
손해 보는 느낌이 들죠. 서점 운영에서도 '팔릴 것 같은 책'과
'팔고 싶은 책' 사이에서 고민하는 겁니다.

　　그래서 오히려 고집스러운 원칙이 있다기보다는
'사람들이 원하는 것'과 '내가 원하는 것' 사이에서 균형을
잡으려 노력한다고 말할 수 있겠어요. 현실적으로 출판사나
서점을 '운영'하는 입장에서 본다면(어쨌든 망하면 안 되니까!),
자신만의 기준선을 정해야 하는 것 같아요. 예를 들어
출판사 대표님들이 정말 만들고 싶은 책 7권을 만들기 위해
대중성 있는 팔릴 만한 책 3권을 만드는 것을 목격하곤
했는데, 저도 마음속에 저만의 비율을 정해두는 거죠.
내가 괜찮다고 믿는 책을 팔기 위해 사람들이 원하는 책도
가져다 둬요. 하지만 사람들이 원하는 책이라고 무조건
입고하는 것은 아니고, 그중에서도 내 가치관이 수긍할 수
있는 책까지만 기준선을 두는 거예요.

4
　　프리랜서 편집자 일을 겸하는 저는 '서점의 일'이
도움이 됩니다. 시간이 늘어나고 줄어드는 문제라기보다는
시선이 변화하는 문제라고 할까요. 서점을 운영하니

책이 판매되는 곳에서 현장의 반응을 실시간으로 볼 수 있어요. 책방에 앉아 있으면 손님들의 목소리가 생생하게 들리거든요(그야말로 목소리). "와, 이 책은 표지가 진짜 예쁘네", "제목이 진짜 끌리네. 역시 제목을 잘 지어야 해", "요즘은 이렇게 그림 넣은 게 많더라" 식으로 독자가 책을 처음 만났을 때의 첫인상을 입 밖으로 이야기해요. 그런데 표지나 제목, 본문 구성은 편집자와 작가도 오랫동안 고민하거든요. 제가 고민해야 하는 부분을 독자들이 이야기해주고 가는 셈이죠. 사람들이 어떤 스타일의 책에 눈길과 손길을 주는지를 더 예민하게 바라보게 되는 거죠. 보통은 손님들이 책에 대해 어떤 얘기를 하는지 관심을 두지 않는데, 그래도 너무 궁금할 땐 손님이 나가고 난 뒤에 그 책의 안과 밖을 다시 한 번 유심히 살펴보곤 합니다. 예전에 출판사에서 편집자로 일할 때는 내가 만드는 책을 보고 사람들이 어떻게 반응하는지 알기 어려웠어요. 서점에 가서 책의 진열 방식이나 독자의 반응을 살피고, 다른 책을 만들거나 그 책의 중쇄를 찍을 때 조언하는 것은 내 일이 아니라 마케터의 몫이라고 생각했었죠. 하지만 책방 주인으로 이곳에 앉아 프리랜서 편집자로 일하는 지금은 그 경계가 허물어지고 있어요. 내가 편집자 혹은 작가여서 보지 못했던, 마케터가 분석해서 설명해주길

바랐던 부분을 스스로 고민하게 된 거죠. 저 책은 왜
잘 팔릴까? 저 책은 왜 서점에 들여놓고 싶지? 왜 좋지?

5

　　부산으로 이사하기 전까지, 서울 마포구 합정동에서
5년간 살았습니다. 홍대, 합정, 상수 일대는 출판을 비롯한
미술, 음악 등 다양한 문화 활동이 활발하게 일어나는
곳이죠. 집 밖을 나서면 언제든 전시와 공연을 즐기고
책방을 찾아갈 수 있는 환경이었어요.

　　부산에 오고 나서 가장 불편했던(?) 점이 그런
부분이었습니다. 큰돈을 쓰거나 멀리까지 찾아가지 않고도
가볍게 문화생활을 즐기고 싶은데, 그럴 만한 공간이
거의 없고 이벤트도 일어나지 않아요. 뉴스에서만 접하던
문화적 격차가 몸소 와닿았습니다. 부산은 대한민국에서
두 번째로 큰 도시이지만, 생활 반경에 책방, 갤러리,
공연장이 전무했습니다. 대형 서점에서 주최하는
저자 강연이나 사인회도 손에 꼽을 만큼 적죠.

　　책방이 위치한 해운대도 마찬가지입니다. 매년 수많은
관광객이 찾아오는, 이름만 들어도 누구나 아는 지역이지만,
해운대역을 기준으로 몇 킬로미터 안에 큰 서점이 없습니다.
물론 수요나 임대료 등 복합적인 요인이 작용했겠지만,
이 큰 도시에, 이 유명한 바닷가에 서점이 없다는 사실이

조금 이상했습니다. 제가 여행하며 만났던 멋진 도시들을
떠올리면, 해운대 역시 단순히 아름다운 바다를 끼고
밥집과 술집이 많은 곳이 아니라, 책과 음악과 그림을 쉽게
만날 수 있는 곳이어야 한다고 생각했습니다. 우연히
들어선 골목에서 작은 가게를 발견하고, 가벼운 마음으로
산책을 나섰다가 마음에 드는 책 한 권 발견할 수 있는
그런 도시 말이죠.

　　이야기하며 조금 거창해진 것 같지만, 책방 '취미는
독서'가 지역 커뮤니티의 대안 공간으로서 영향력을 갖게
된다면 그런 역할을 해냈으면 좋겠습니다. 우선 해운대를
찾아오는 관광객의 마음속에 해운대가 품은 이미지를
새로이 그렸으면 하고, 무엇보다 해운대 근처에 살고 있는
사람들이 가벼운 마음으로 집 앞에 나와 작은 문화생활을
즐길 수 있게 되는 거죠. 그래서 다른 책방들의 활동과
견주었을 때 특별하고 새로운 활동은 아니지만, 저자를
초청해 강연을 듣고 이야기를 나누는 시간, 책과 관련된
작은 전시회, 글을 쓰고 책을 만드는 워크숍 등을
진행하고 싶습니다.

　　현재는 <일상적 글쓰기>라는 이름의 글쓰기 워크숍을
운영하고 있습니다. 책을 만들고 글을 써온 제 경험을
토대로 글쓰기에 대해 이야기 나누고 참여자들이 직접

글을 씁니다. 제가 부산에 이사 온 뒤 문화적 갈증을 느꼈던 것처럼, 부산에 거주하는 참여자 분들 역시 그런 갈증을 갖고 있었던 듯합니다. 저희 책방 워크숍을 통해 조금이나마 해갈이 되었으면 하고 바랍니다. 또 해운대구청과 협업하여 <별밤학교>라는 프로그램을 시작했습니다. 저자 초청 북 토크, 캘리그라피, 시 읽기 등 강좌를 진행합니다. 앞으로 더 적극적이고 활발하게 다양한 이벤트를 진행해보려 합니다.

6

책방 자리를 임대하기 위해 부동산도 다니고 중개 사이트 검색이나 도보 탐방을 통해 매물을 보고 다녔어요. 그러는 중에 우리 사회에 존재하는 불편한 면을 여럿 목격했습니다. 제일 대표적인 것이 '권리금'이었어요. 새로 들어올 세입자가 이전 세입자에게 돈을 지불하는 것인데, 원래는 장사가 아주 잘되는 가게가 다른 이에게 자리를 넘겨줄 때 설비를 포함해 주는 돈으로 알고 있어요. 권리금이라는 용어가 사람들 사이에서만 통용되는 말인데, 법으로도 정해진 정의나 기준이 없고 이전 세입자가 부르는 게 값이에요. 법으로 정해져 있지 않으니 해당 건물이 재건축이라도 들어가면, 이전 세입자들은 계속 권리금을 받고 넘겨줬어도 제일 마지막 세입자는 그 돈을 몽땅 허공에 날리는 셈이 되고요(그래서 '폭탄 돌리기'라고 부르더군요). 존재 자체가 이상한 돈인데, 그마저도 의미가 완전히 변질되었더라고요. 가게가 잘되거나 같은 업종으로 넘겨주는 것과는 상관없이 무조건 1층이고 목이 좋으면 권리금을 요구하더라고요.

그런 상황을 직접 겪으며 허탈감이 컸어요. 적은 자본으로 창업을 준비하는 젊은 창업가에게는 엄청난 장벽이 되기도 했고, 제 입장에선 '다음 세입자에게 돌려받으면 그만이잖아?' 같은 말로는 납득이 되지 않았어요. 우리 세대가 즐겁게 원하는 일을 하고 창업할 수 있는 기회마저 이전 세대가 앗아가고 있다고 생각하니 억울했어요. 그 불합리함에 굴복할 거라면 그냥 창업을 하지 말아야겠다고 결심했고, 기를 쓰고 권리금이 없는 1층 가게를 찾아냈습니다.

이 책방을 운영하는 가장 큰 원동력은 남편이에요. 무엇보다 제가 어느 회사에 소속되지 않고 제 가게를 여는 것을 지지해줘서 정신적으로 든든하게 서점을 시작할 수 있었어요. 물리적으로 가게를 여는 과정에도 남편의 도움이 컸어요. 가게 임대 계약을 마치고 저희에게 아가가 생긴 것을 알게 됐거든요. 창업 자본이 적어서 셀프 인테리어를 계획했는데, 임신 초기인 제 몸으로는 무리가 된 거죠. 결국 셀프 인테리어의 '셀프'는 남편 몫이 되었습니다!

시간이 날 때마다 틈틈이 작업해주었어요. 오픈 후에도
남편이 큰 도움이 되고 있습니다. '잘' 운영해야 한다는
부담감 때문에 제가 시무룩해 있으면 남편이 "괜찮아,
책 많이 못 팔아도 돼, 돈에 매달리지 말고 즐겁게 해"라고
얘기해주거든요. 그 얘기를 듣고 나면 정말 괜찮아집니다.
출근을 하고, 다시 책방을 돌볼 수 있게 됩니다.

언젠가 서점을 닫는다…… 아직 서점 일을 오래 한 건
아니지만, 책방을 찾아오는 사람들 때문에 주저할 것
같아요. 이 공간이 탄생한 걸 반겨준 동네 사람들, 해운대에
책방이 생겨서 좋다고 응원해준 사람들이 있거든요.
그분들의 환한 얼굴을 생각하면 문 닫기를 망설이겠죠.
혼자 조용히 들어와 찬찬히 책을 살펴보고는 주섬주섬
쌈짓돈을 꺼내 시집 한 권을 사가는 학생의 단정한 뒷모습,
혼자 와서 책을 살 때는 몰랐지만 다음에 애인과 함께 와서
자기가 좋아하는 책을 조잘조잘 이야기하는 어떤 이의
목소리, 아가를 안고 행여 깰까 봐 빠르게 각자 원하는
책을 한 권씩 고르던 젊은 부부의 서두름……
제가 여기에서 목격하는 사랑스러운 것들 때문에
그만두는 건 힘들 것 같아요.

책과 책 사이의
만남 혹은
접속

진행·정리 윤동희

하얀정원

홍예지 대표 (왼쪽)
홍예린 매니저 (오른쪽)

주소. 서울 관악구 행운1길 40
영업시간. 매일 11:00-23:00
Instagram. @jardinblanckorea

66

하얀정원은
상품으로서의 책을 파는 것이 아니라
한 사람이 살아온 삶 전체를
누군가에게 전하는 공간입니다.
이 마음가짐으로
저희가 어떤 이야기를 권하기보다
손님의 이야기를 먼저 들으려고
노력하겠습니다.

독립 서점을 운영하게 된 혹은 일하게 된 동기가
궁금합니다. 어째서 책방이 하고 싶었나요?
일하는 공간이 책방이어야 한 이유는 무엇이었나요?

비가 오나 눈이 오나, 무슨 일이 있어도 매일
반복적으로 할 수 있는 일이 '업'이 되어야 한다고
생각합니다. 무엇보다도 이 일이 몸과 마음에
'자연스럽게' 느껴져야 합니다. 그래야만 지속적으로
이 일로 먹고 살 수 있으니까요. 저희에게 그런 일은
아무래도 책 읽는 것, 책 찾는 것, 서로에게 책을
권하는 것이었습니다. 실제로 지난 시간을 돌아보면
저희가 꾸준히 해온 일이 이것이었고, 앞으로도
그럴 거라고 생각했습니다. 두 사람 모두 할머니가
될 때까지 매일 읽고 쓰는 삶을 지속하고 싶다는
공통의 바람을 갖고 있습니다. 대학을 졸업하고
앞으로 무슨 일을 업으로 삼아야 할까, 어떻게
먹고 살아야 할까, 어떤 사람으로 살아야 할까,
이런 고민을 계속해왔습니다. 이런 물음에 완벽한
하나의 정답을 찾는 것은 불가능했어요. 막막하고
두렵기도 했죠. 그런데 어떤 곳에서 어떤 일을 하든,
늘 내가 머무는 공간엔 좋은 책이 가득하면 좋겠다,
그리고 책을 매개로 다양한 분야의 사람들을

하얀정원

만나서 끊임없이 배우면 좋겠다, 이런 바람만큼은 점점 확실해졌던 것 같아요. 그래서 우리가 책에 둘러싸여 살아갈 수 있는 공간을 마련하자고 입을 모았습니다.

하얀정원은 홍예지, 홍예린 자매의 작업실이자 서재입니다. 여기서 저희는 공부를 하고 싶습니다. 각자의 관심 분야인 문학, 미학 외에도 우리가 살아가는 세상을 좀 더 풍부하게 이해할 수 있는 다양한 분야의 좋은 자료들을 찾아 읽고, 나름대로 소화하여 정리하는 작업을 하려고 합니다. 이 공부의 흔적과 결과물을 엮어 다른 사람과 함께 나누는 활동을 하고 싶습니다. 예를 들어 세미나를 열거나 북클럽을 운영하고, 책을 만들어 널리 퍼뜨리는 일들 말이죠. 이런 일을 통해서 저희 스스로 '바깥' 세상과 능동적으로 연결되고, 저희가 좋아하는 일을 지속하는 자원을 꾸준히 마련하기를 희망하며 열었습니다.

문을 열고 닫을 때까지,
서점의 구체적인 하루 일과가 궁금합니다.

하얀정원은 매일 오전 11시부터 오후 11시까지

열려 있습니다. 우선 책방 문을 열고 제일 먼저 그날의 '출근송'을 틀어놓습니다. 하얀정원 매니저들이 모은 CD 중 오늘의 날씨와 기분에 어울리는 음악을 골라 재생 버튼을 누르고 SNS에 공유합니다. 하얀정원의 아침 인사인 거죠. 그 다음 간단히 청소하고, 원두 상태를 확인하려고 핸드드립 커피를 내려 마십니다. 손님들에게 드리기 전에 저희가 만족할 만한 커피를 내리는 것이 중요하니까요. 오전과 이른 오후 시간은 비교적 한적해서 '아름다움' 출판사 업무를 합니다. 우선 서점에서 들어온 주문량을 확인해서 책을 출고하고, 새로 출간될 책의 원고를 다듬습니다. 함께하고 싶은 작가들을 찾기도 하고요. 오후 5~6시에는 도매상에서 책이 도착하는데요. 하얀정원에서 소개할 책들을 매대에 진열하고 추천 글을 작성해서 올립니다. 이런 업무를 하다 보면 금방 저녁 시간이 되는데요, 손님 분들은 이때 많이 오십니다. 이후 밤 11시까지는 북카페, 서점 모드로 일을 합니다.

우리에게 '츠타야'로 알려진 컬처 컨비니언스 클럽[CCC]의 최고경영자 마스다 무네아키는 수많은 플랫폼 가운데

고객에게 높은 가치를 부여할 수 있는 상품을 '선택'하고
'제안'하는 곳이 살아남는다고 말합니다. 대형 온오프라인
서점이 존재하는데도 굳이 독립 서점을 찾는 것도 서점들의
고유한 '제안 능력'에 매력을 느끼기 때문일 텐데요.
우리 서점에 적합한 책을 고르는 기준,
우리 서점만이 가진 서가 운영 원칙이 궁금합니다.

기본적으로 하얀정원은 아름다움 출판사의
오프라인 공간입니다. 그래서 아름다움 출판사의
주력 분야인 인문, 예술 책들을 소개하려고
노력합니다. 매일 아침, 현재 우리 사회를 예리하게
보여주는 책, 기존의 틀을 깨고 새로운 형태의 일을
만드는 사람들의 이야기를 담은 책, 우리의 오감을
자극하고 신선한 충격을 주는 책을 찾아봅니다.
이런 관점에서 찾은 책들은 '새로 들어온 책'
코너에서 소개하고, 1~2주 단위로 큐레이션이
바뀝니다. 매달 북클럽을 운영하고 있는데요,
북클럽 모임에서 이야기할 큰 주제를 정하고,
주제에 맞는 책을 두 권 선정해서 들여놓습니다.
늘 비치되어 있는 책들도 있는데요, 하얀정원에
오시면 홍예린 시인과 홍예지 편집자가 모은
책들을 마음껏 읽고 구매할 수 있습니다.

하얀정원이 대형 온오프라인 서점과 다른 점이
있다면, 가장 눈에 띄는 좋은 위치에 베스트셀러나
신간이 아닌 책들이 주인공처럼 놓이는 겁니다.
구간의 재발견이라고 할까요. 마니아적인 책이나
대중적이지 않은 책, 학술적인 성격이 강한 책도
골고루 소개하고 있습니다.

인스타그램, 페이스북 등 SNS 마케팅은 선택이 아닌
필수가 되었습니다. 『마케터의 일』의 저자 장인성 씨는
경험을 저장하고 공유하고 인출하고 성장시키는 데
소셜미디어가 좋은 수단이 된다고 말합니다.
[4]
SNS를 통한 고객과의 커뮤니케이션은 어떻게 하고 있나요?
우리 서점만의 SNS 핵심 스토리텔링은 무엇인가요?

우선, 하얀정원은 '책'과 '예술'을 사랑하는
사람들을 위한 공간이어서 한편으로는 책을
소개하는 게시물을, 다른 한편으로는 '예술'을
소개하는 게시물을 공유하고 있습니다. 하얀정원
매니저들이 소장한 책, 새로 들어온 책을
소개하는 글을 꾸준히 올리고 있고요. 매일 아침
가게를 오픈하면서 정원지기들이 듣고 있는
음악을 공유합니다. 최근에는 소소하고 재밌는
일도 있었는데요. 어떤 분이 매일 올라오는

CD 플레이리스트를 보다가, 저희에게 '내일은
이런 아티스트의 앨범을 틀어주면 어떨까요~'
추천해주셨어요. 어떤 분은 새로 입고된 책을
소개하는 게시물을 보고 '북튜브' 제안도
주셨습니다. 이렇게 하얀정원이 일방적으로
콘텐츠를 만들고 추천하는 것이 아니라 하얀정원
페이지를 구독하고 실제로 방문하는 분들로부터
새로운 콘텐츠를 소개 받는 선순환이 계속
일어난다면, 이 공간이 온라인과 오프라인의
경계를 자유로이 넘나들면서 성장할 거라고
생각합니다. 앞으로 이 점을 염두에 두고 SNS를
운영하려고 합니다.

서점에서 일하는 것도 결국 '일'이기에
즐거움 못지않게 어려움도 있을 텐데요.
<u>기대했던 것과 달리 어려운 점이 있다면 무엇인가요?</u>
<u>하고 싶은 것과 해야 하는 것 사이에서 발생하는</u>
<u>스트레스</u>는 없나요?

하얀정원에서 책을 많이 읽고 싶은데, 생각보다
이런저런 업무를 처리하다보니 시간이 부족합니다.
북카페, 서점 일을 시작하면서 서가 정리, 청소,

카페 업무를 한 번에 하다보니, 한 권을 붙잡고
쭉 읽어 내려가는 '큰 덩어리'의 시간을 확보하지
못하고 있어요. 그래도 이 일이 익숙해지면,
불필요하게 새어나가는 시간을 줄여나갈 것
같아요.

디자이너 나가오카 겐메이는 장기침체 시대일수록
사람들은 '제대로 된' 물건을 사고 싶어 한다고 말합니다.
물건을 사기 위해 공부하고 점원-제작자-구매자 간에
교류가 일어나기 시작하면서 '커뮤니티'라는 말이
사용된다는 겁니다. 그의 말처럼 전국 구석구석에 자리한
독립 서점은 책과 사람의 '관계'를 만드는 일을 통해
작은 커뮤니티를 형성하고 있습니다. 서점에서 일하며
책을 통해 사람과의 관계를 어떻게 만들어가나요?
책과 독자의 관계를 위해 어떤 '제안'을 하는지⁶
궁금합니다.

모든 사람은 각자의 몸속에 이야기를 품고
있습니다. 살아온 날들이 켜켜이 쌓여 수많은 층을
형성하는, 그런 이야기 말이죠. 여러 겹으로 쌓여
있어서 겉만 보고는 알 수 없는 이야기, 각 층마다
연결되고 갑자기 단절되는 이야기, 어디서부터

시작된 것인지 가늠할 수 없지만 긴 시간을
통과하여 지금-여기에서 막대한 영향력을 끼치는
이야기 등 한 사람 안에는 수많은 미지의 영역이
존재합니다. 사람이 사람과 '관계를 맺는다는 것'은
이 무궁무진한 이야기 주머니를 열어 탐색하는 것,
서로 이야기를 들려주고 그에 대한 해석을 활발히
교환하는 것이라고 생각합니다. 물론, 이렇게
서로를 읽고 해석하는 과정에서 필연적으로
오독誤讀이 발생할 수밖에 없고, 그 오해가
서로에게 치명적인 상처를 줄 수도 있습니다.
하지만 이러한 실패 가능성에도 끊임없이 서로를
읽으려고 노력하는 것, 엄밀히 말하자면 서로를
'정확하게' 이해하려고 노력하는 것이야말로
건강한 관계를 지탱하는 동력이라고 생각합니다.
        만약 정말 그렇다면, 우리는 이미 한 권의
(혹은 여러 권의) '살아 있는' 책이고, 그런 우리가
타인의 생각이 기록된 (종이 혹은 전자)책을
읽는다는 것은 '책과 책 사이의 만남 혹은 접속
행위'일 것입니다. 저희는 하얀정원의 일이 단순히
물질적 형태의 상품으로서의 책을 파는 것이
아니라, 한 사람이 살아온 삶 전체를 누군가에게
전하는 것이라고 생각합니다. 이 '전하는 행위'가

'손님에게 책을 권한다'는 식의 한 방향으로만
이루어진다고 생각하지 않습니다. 오히려
하얀정원을 찾은 손님이 이미 하나의 책이며,
'이 책은 지금 누군가에 의해 펼쳐지기를 기다리고
있다'고 생각해요. 이 마음가짐으로, 저희가
어떤 이야기를 권하기보다는 손님의 이야기를
먼저 들으려고 노력합니다. 한 사람의 이야기가
온전히 전개될 시간을 확보하고 기다린 다음에야,
비로소 지금 눈앞에 펼쳐진 이야기와 맥락이
닿을 수 있는 다른 이야기를 꺼낼 수 있다고
믿어요. 그렇기 때문에 하얀정원 매니저들은
이 공간이 무엇보다도 사람들에게 '마음 놓고
이야기할 수 있는 공간' '고개 끄덕이며 들어주는
사람이 있는 공간'으로 다가가기를 바랍니다. 이
바람을 담아, 조금은 특별한 프로그램을 운영하고
있는데요. 바로 홍예린 시인이 진행하는 <타로
상담 프로그램>입니다. 타로라는 '그림 도구'를
이용하여 자기 자신을 들여다보는 것, 나아가
자신의 이야기를 스스로에게, 제3자에게 들려주는
것, 그로써 자신과 세상을 더 잘 이해하는 것이
상담의 목표입니다. 이와 관련된 에피소드를
하나 말씀드리자면, 며칠 전, 늦은 밤에 한 여성

손님이 들어온 적이 있어요. 회사 연수를 갔다
오는 길이었다는 손님은, 제3자의 객관적인
견해가 필요한 고민이 있어서 하얀정원의 타로
상담을 받았습니다. 복잡한 상황의 면모를 꼼꼼히
살펴보면서 해결의 실마리를 찾는 시간이었습니다.
고민을 완전히 해소시켜드리지는 못했지만
하얀정원이 마음을 열 수 있는 믿음직하고 안전한
곳으로 있어야겠다고 다짐하는 계기가 되었습니다.
　　　　이외에도 뜻깊은 일이 있었는데요,
최근에는 시를 깊이 공부한 분께서 귀한 시집들을
선물해주셨어요. 저희가 자기 자신으로 온전히
있고자 한다는 점을 알아보시고 지지해주는 느낌이
들어 감사했습니다. 하얀정원이 앞으로도 튼튼하게
저희다운 공간으로 존재한다면, 이런 따뜻한
만남이 더욱 많아질 것이라고 기대합니다.

기타다 히로미쓰의 『앞으로의 책방』을 보면
소설에 등장하는 물건을 경매 형식으로 판매하는 책방,
아이들만 들어갈 수 있는 작은 방이 있는 서점,
잠을 자면서 본 꿈을 책으로 만들어주는
숙박할 수 있는 서점 등 다양한 형태의 새로운 서점을
소개하고 있습니다. 책방 문화의 최전선에서

앞으로의 책방/서점 문화는 어떻게 펼쳐질 것으로
예상하나요?

책방/서점이 기본적으로 무언가를 '판매'하는
곳이라면, 현재는 이 '무엇'에 관한 정의가
본질적으로 바뀌어가는 시기가 아닐까요?
그게 아니라면, 우리가 깊이 생각해보지 못했던
책방/서점의 가치와 순기능이 이제야 제대로
조명되기 시작한 건 아닐까요? 이제 책방/서점이
판매하는 것은 '종이책'이 아니라 '시간'이라고
생각합니다. 책방/서점을 기존의 관점에서
바라볼 때는, 가게 문을 열고 들어오는 모든
손님이 책을 사려는 '목적'을 가지고 방문했다고
간주되고, 손님이 가게를 이리저리 둘러보는
행위는 궁극적으로 책 구매로 이어지기 위한
'수단'으로 간주됩니다. 그래서 만약 어떤 손님이
가게에 들어와서 아주 오랫동안 구경만 하다가
빈손으로 나간다면, 이 경우에는 손님과 가게 모두
구매/판매에 '실패'한 경험만을 안고 헤어지게
됩니다. 그렇다면 효율성 면에서 손님과 가게에게
가장 좋은 경우는, 손님이 들어와서 아주 짧은
시간에 곧바로 원하는 책을 찾아 값을 지불하고

나가는 것이겠지요. 하지만 정말 그럴까요? 이미 눈치채셨겠지만, 이런 식의 설명은 책방/서점을 운영하거나 이용하는, 나아가 책방/서점을 사랑하는 사람들의 실제 경험을 제대로 반영하지 못하고 있어요. 왜냐하면 요즘처럼 인터넷으로 주문하면 하루 만에 책이 배송되는 시대에 굳이 책방/서점을 발로 찾아가는 사람들은, 그곳에서 정말 책만 사려는 것이 아니기 때문입니다. 오히려 사람들이 책방/서점을 방문하면서 기대하는 것은 그 공간에서 보내는 '시간 자체'입니다. 갑자기 뜨는 시간 혹은 여가 시간에 전시를 보러 가고 영화를 보러 가는 것처럼, 이제는 책방/서점에서 여유 있게 시간을 보내며 문화생활을 즐기려는 것입니다.

　　그런데 요새 대형 서점이 아니라 조그만 독립 서점과 동네 책방을 일부러 찾는 사람들이 늘어나고 있죠. 왜 그럴까요? 아마도 '이왕이면 이 소중한 시간을, 내가 좋아하는 사람과 함께, 나와 잘 맞는 곳에서 보내고 싶다'라는 욕구가 강해진 때문인 것 같아요. 기존의 대형 서점은 이 요구에 제대로 부응하지 못하기 때문이겠죠. 그런 곳들은 특정한 누군가를 위한 맞춤 공간이 아니라 불특정 다수를 위한 공간에 가깝고, 최대한 많은 사람을 만족시키기 위해서 어쩔 수 없이 뚜렷한 자기만의 색깔을 희생하기 때문입니다. 하지만 이제 사람들이 정말로 원하는 것은 '자아 탐색'입니다. '이래도 좋고 저래도 좋은, 막연한 무엇'이 아니라 '내가 좋아하는 바로 이것'을 찾고자 하는 바람, 그리고 이 독특한 취향을 나와 공유할 수 있는 '친구'를 찾고자 하는 소망이 지금의 변화를 만들고 있어요. 이는 단순히 책방/서점을 이용하는 손님에게만 해당하는 것이 아닙니다. 독립 책방/서점의 주인들이야말로, 어쩌면 자신을 용기 있게 드러내고 나와 마음이 맞는 친구들을 절실하게 찾는 사람들이기 때문입니다. 그래서 자본의 규모, 각종 노하우에서 대형 서점과 경쟁이 어렵더라도 작은 책방/서점들이 꾸준히 곳곳에서 생겨나고 있다고 생각해요. 앞으로도 이 흐름은 계속 이어질 것 같습니다.

하얀정원

1 '하얀정원'은 자매가 운영하는 책방입니다. 편집자인 언니와 시인인
   동생이 모아온 책들을 자유롭게 읽고 구매할 수 있어서 눈길을
   끄는데요. 일본의 지방 도시에서 커피 로스터를 10년 해온
   쇼노 유지는 자신의 책 『아무도 없는 곳을 찾고 있어』에서
   "무언가를 구매해서 판매하는 장사는 감각이 필요한 데다 가족이
   생활할 수 있을 만큼 이익을 내기가 무척 어렵다"고 고백합니다.
   그런데도 자매가 같은 일을 하게 된 이야기가 궁금합니다.
   서로 닮은 듯 다른 두 사람이 각자 어떤 역할을 하는지도 듣고
   싶습니다.

2 '하얀정원'이 자리한 관악구는 독립 서점이 많은 지역은 아닙니다.
   지금의 장소를 선택한 이유는 무엇인가요?

3 '하얀정원'은 인문&예술 출판사 '아름다움'의 오프라인 공간이기도
   합니다. 어떤 출판을 하고 싶나요. 누구를 위한 책이 되기를 바라나요.
   출판사의 첫 책인 동생의 시집도 좀 더 자세히 설명해주세요.

4 독립 서점의 매력은 대형 서점의 베스트셀러 순위와 다른 결과를
   눈으로 확인할 수 있다는 건데요. 어떤 책이 잘 팔리나요? 지금까지
   우리 서점에서 가장 잘 팔린 책은 무엇입니까?

5   매주 일요일 오후에는 북클럽 모임을 운영하고, 매달 예술가 초청 프로그램인 〈아티스트플레이〉를 열고 있는데요. 서점의 프로그램은 운영자가 좋다고 생각해서 시작한 일일 텐데요. 수많은 독립 서점 중 '하얀정원'만의 방식으로 하고 싶은 일은 무엇인가요? 어떤 분들이 '하얀정원'의 프로그램을 함께하기를 원하나요.

6   말의 힘, 글의 힘을 믿나요?

1

북카페에서 '북'을 언니가, '카페'를 동생이 맡고
있어요. 언니는 매일 아침 눈뜨자마자 온오프라인 서점에
출석해온 세월을 바탕으로, 내면과 외면이 모두 아름다운
책을 찾는 데 전문입니다. 특히 격주로 바뀌는 쇼윈도
큐레이션과 새로 들어온 책을 보면 홍예지 편집자만의
개성 있는 안목을 느낄 수 있을 겁니다. 한편 동생은 취향을
정립하는 데 취미가 있어서 대학에 다니면서 용돈을 죄다
커피, 차, 와인을 공부하는 데 썼습니다. 그게 지금을 위한
큰 그림이었다고 하네요. 홍예린 시인이 하얀정원의 커피와
차를 책임지고 있으니 오셔서 맛있다고 한 마디 해주면
굉장히 신나할 거예요. 이렇게 언니와 동생이 그동안 숨
쉬듯이 자연스럽게 좋아해온 일들이 결국 '일'이 되었다고
보면 됩니다. 그렇기 때문에 이익을 내기 위해서가 아니라,
저희가 좋아하는 것이 다른 사람들에게도 좋게 다가갔으면
하는 마음으로 진심을 다해 일하고 있습니다. 이 진심이
닿는다면, 누군가는 기꺼이 이 공간을 찾아와주겠죠.

2

대도시의 중심가에 있는 대형 서점과 다르게 동네
책방이 사람들이 사는 곳과 가까운 곳에서 '책 읽는
삶'을 만들어가고 있다면, 지금보다 지역적으로 고르게
분포해야 한다고 생각합니다. 하얀정원은 앞으로 저희의

삶이 있는 곳이 될 것이어서 지금 살고 있는 지역을 우선
고려했습니다. 마침 하얀정원이 자리한 행운동에 독립
서점이 두 곳 더 있는데요. 앞으로도 더욱 책이 많은 동네가
되면 좋겠습니다. 하얀정원은 주택가와 대로 사이의
길가 1층에 있는데요. 초등학교와 주민 센터가 가까운
이웃이라는 점도 이 자리를 선택한 이유입니다.
근처에 샤로수길도 있어서 샤로수길 방문객들도 쉽게
찾아올 수 있고요.

3

지난여름, 사당역 14번 출구 쪽을 걸어가다가
우연히 맞닥뜨린 풍경이 있어요. 오전 10시경, 도로에서
아스팔트 포장 공사가 한창이었는데요. 할아버지 한
분이 길 한복판에서 타이어 롤러(아스팔트 포장 공사 시
수평다짐용으로 사용되는 기계)에 앉아 책을 읽고 계셨습니다.
책은 오래되어 보였어요. 책장이 빛바랜 은은한 베이지
색이었어요. 굳은 살 가득한 투박한 손가락으로 책을 소중히
보듬으며 집중해서 읽고 계셨는데요, 저는 그 모습에서
시끄럽고 산만한 주위 환경을 순식간에 무화無化하는
아우라를 느꼈습니다. 그 할아버지는 같은 공간에
계시면서도 다른 곳에 계신 것 같았어요. 내면의 목소리에
집중하는 사람 특유의 고요, 절제된 평온이 감도는 얼굴빛이

인상적이었습니다. 역시 책 읽는 사람은 어디에나 있고, 어디서나 아름답다고 생각했습니다. 그때 저는 다짐했습니다. 오늘 맞닥뜨린 할아버지의 손에 들린 책처럼, 현실에 발 딛고 살아가며 척박함 속에서도 품위를 잃지 않는 사람들에게 다가가는 책을 만들겠다고. 출판사 아름다움의 책이, 젠체하는 이들이 아니라 삶의 현장에 가장 가까이 있는 이들과 함께하면 좋겠습니다.

　　이 일화와 더불어 아름다움 출판사의 출간 방향을 소개해드리고 싶은데요, 아름다움의 '숨SOOM 시리즈'는 '숨 잘 쉬기'를 원하는 보통 사람들, 소외된 사람들, 자신만의 작품을 만들어가는 사람들의 목소리를 담아냅니다. 특히 우리나라 청년 작가의 첫 발자국을 응원하는 마음으로, 각양각색의 작품들을 독자들에게 소개하려 합니다. 사실, 지금 우리는 숨 잘 '못' 쉬며 살아가고 있는 게 아닐까요? 비유적인 의미뿐 아니라 실제적 의미로도 그렇습니다. 등하굣길이나 출퇴근길에 지하철에서 사람이 물건처럼 욱여넣어질 때, 타인이 끊임없이 가하는 사회적 압력과 과도한 기대 속에서 질식하는 기분이 들 때가 그렇습니다. 이렇게 숨 못 쉬는 고통은 심리적 고통일 뿐만 아니라 신체적 고통이기도 한데요. 이 고통이 저만의 고통이 아니라는 걸 알게 되었고, 그 사실에 슬퍼졌습니다.

억울했습니다. 사람을 사지死地로 몰아넣으면 안 되는 것 아닌가, 왜 '죽을 만큼' 달리다 숨이 차서 진짜로 죽는 사람들이 자꾸만 생겨나는 걸까. 왜 서로가 서로를, 가까우면 가까울수록, 숨 쉴 틈 없이 구석에 몰아붙이는 걸까. 누구에게나 최소한, 숨 쉴 '틈'이 있어야만 한다고 생각했고, 이 생각이 몸을 얻어 지금 하는 일로 이어졌습니다. 작년에 문을 연 아름다움 출판사의 숨 시리즈는 그런 마음을 담아 시작했습니다. 사방이 가로막혀 옴짝달싹 못하는 누군가에게 조금이나마 숨 쉴 틈을 줄 수 있다면, 온전한 자신으로 잠시나마 오롯이 존재할 수 있는 시간을 확보해준다면 얼마나 좋을까요. 제가 무슨 신통한 능력이 있어서가 아니라 그저 비슷한 답답함을 느끼는 한 사람으로서, 작은 제 몸뚱이로 만들 수 있는 딱 그만큼의 공간에서라도, 제게 찾아오는 사람들이 편안히 숨 쉴 수 있기를 바랍니다. 이 바람을 품고 살면서 '하얀정원'이라는 북카페 겸 서점, 문화 공간을 함께 운영하고 있어요.

·

홍예린 시집 『토끼 양초』는 바로 이 숨SOOM 시리즈 1권으로 출간되었습니다. 『토끼 양초』는 8살 때부터 꾸준히 시를 써온 홍예린 시인의 첫 시집입니다. 불완전한 것, 부족한 것들을 사랑하는 시인의 섬세한 눈길, 예리한

관찰력이 위트 있는 말들에 녹아 있어요. 무엇보다도『토끼
양초』는 진정한 교감과 사랑을 꿈꾸는 사람이 사막에
갇혀 있는 느낌으로 살아가다가, 기다림과 성숙의 아픔을
겪어내며 사막을 건너는 과정을 담고 있습니다. 끊임없는
사랑의 과정에서, 세상을 온몸으로 받아들여 내면의 풍경을
그려가는 시인의 순수함이 느껴지는 시집입니다. 자매가
이 책의 편집자, 시인으로 함께하며 서로의 꿈을 응원하는
사이로 지내듯이, 앞으로 아름다움 출판사는 오랜 친구 같은
친밀함으로 다른 청년 작가님들 한 분, 한 분의 이야기를
청해 듣고, 이를 책으로 엮어나가려고 합니다.

4
　　가장 많이 팔린 책은 아름다움 출판사의 첫 책,
홍예린 시인의 시집『토끼 양초』입니다. 그 다음으로 많이
팔린 책은 '1월 북클럽 선정 도서'였던 유유 출판사의
『단단한 삶』입니다.『단단한 삶』옆에는 북클럽을 위해
준비했던 소개 자료를 두었는데요, 이 자료를 읽어보고
구매한 분들도 계셨고, 책 제목에 끌려서 구매한 분들도
계셨습니다. 자기혐오를 극복하고 건강한 인간관계를
가꾸며 살아가자는 메시지에 많은 분들이 공감한 것
같습니다.

5

책과 예술을 사랑하는 사람들이 하얀정원에 모여서,
자신이 좋아하는 활동을 서로 소개하는 기회를 마련하고
싶습니다. 특히 작품 활동을 하는 예술가, 작가들과
관객들이 이야기 나누는 시간을 갖고, 실제로 작품을 매개로
한 '놀이' 활동에 참여할 수 있는 프로그램을 운영하고
싶습니다. 평소에 책을 많이 읽고 예술을 자주 접한 분들이
아니더라도, 책과 친해지고 싶거나 예술가의 작업에
호기심을 느끼는 분들, 또는 책과 예술로 삶의 상처를
치유 받고 싶은 분들이 함께하면 좋겠습니다.

6

말의 힘, 글의 힘을 믿느냐는 질문을 계기로 다시,
말하기와 글쓰기의 가능성, 그리고 한계를 생각합니다.
말과 글은 사람과 사람을 이어주지만, 사람들 사이에 아찔한
깊이의 골짜기를 파놓기도 합니다. 전자의 기쁨이 아주
드물게 찾아오는 반면, 후자의 절망과 고통은 시시때때로,
느닷없이 덮쳐 옵니다. 이러한 빈도 차이에도 불구하고
꾸준하게 말하고 글 쓰는 사람들을, 저는 존경합니다.
그리고 다른 사람의 말과 글에 기꺼이 자신의 시간과
에너지를 쏟는 사람들을 마음 깊이 신뢰합니다.
이해와 오해 사이에서 끝없이 왔다 갔다 하는 삶, 아니,
어쩌면 단 한 번도 정확한 이해의 순간을 살지 못하는 삶이

너무나도 슬픕니다. 하지만 저는 '그럼에도 불구하고'로
시작되는 글을 쓰고, 읽고, 말하고 싶습니다. 그렇게 부단히
나를 돌아보고, 너를 들여다보고, 우리의 관계를 가꿔나가는
힘을 기르며 살아가고 싶습니다. 말과 글은 이렇게 사람과
사람 사이의 '관계 맺음'을 부단히 성찰하고, 비록 완전한
이해에 도달하지는 못하더라도 끊임없이 정확한 이해에
근접하기 위해 노력하는 도구이자 과정이라도 생각해요.
살아가면서 이 노력을 그만두지 않는 사람 곁에는
서로의 삶을 무의미의 늪에서 건져 올려주는 건강한
친구들이 모여들 거라고 생각합니다. 그것이야말로 말과
글이 유한한 삶에 선사하는 위로와 연대의 힘이 아닐까
싶습니다.

서울에서 온 편집자는
왜 부산에서 책방을 열었을까

김민채 | '취미는 독서' 대표

K를 처음 만난 건 2015년 여름이었다. 그는 어느 날 갑자기 파주출판도시에 나타났다. 내가 일하던 출판사 대표님께 돈은 받지 않아도 좋으니 출판사에서 일해보고 싶다는 내용의 메일을 보냈다. 그러고는 정말 부산에서 파주까지 왔다. 그는 출판과는 전혀 관계없는 일을 하다가 출판을 향한 꿈을 놓을 수 없어 회사를 그만두고 왔다고 했다. 당시 나는 이십 대였음에도 불구하고 삼십 대인 그가 품은 용기와 열정이 대단하게만 보였다. 생업이 된 일, 할 수 있는 일, 익숙해진 일을 그만두는 것은 누구에게도 쉽지 않기 때문이었다.

대표님도 그 진심을 보았던 것일까. 출판에 경력이 없는 그가 진행할 수 있을 만한 새 책을 기획하여 일감을 주었다. 동네 책방의 주인들을 직접 인터뷰하여 엮는 책이었다. 책방 정보를 모으고, 책방 특색에 맞는 질문을 뽑고, 인터뷰를 요청하고…… 그는 그렇게 책을 만드는 첫걸음을 시작했다.

그해 여름, 우리는 스무 곳의 책방을 함께 다니며 인터뷰를 진행했다(책에 소개된 것은 스물아홉 곳이었고, 서울과 경기에 위치한 스무 곳을 직접 방문했다. 나머지 지역에 위치한 아홉 곳은 서면 인터뷰로 진행했다). 우리가 인터뷰 전문가가 아니었기에 더욱 집중해야 했다. 책방 주인들의 이야기를 잘 끌어내기 위해 오래 고민해 질문을 만들었다.
질문을 던진 후엔 그들의 답변을 주의 깊게 들었다.
그들에게 예의 없는 행동을 하지 않기 위해 늘 조심했고,
인터뷰가 책방 운영에 누를 끼치지 않게끔 경계했다.
대면 인터뷰를 마치고는 꼭 사비로 책을 사서 나왔다.
우리는 최선을 다했다. 무더운 날들이었다.

　　계절이 가고 겨울이 되어서야 그 책은 『우리,
독립책방』이라는 이름으로 출간되었다. K는 부산으로
돌아갔다. 몇 달 뒤 그곳에서 책방을 열었다는 소식을
전해왔다. 낮에는 생업에 종사하고 퇴근 후 밤에 글을
썼다는 프란츠 카프카, 그의 밤 시간에 주목한 '책방
카프카의 밤'이었다. 그가 책방을 열고 다시 만났을 때,
우리는 함께 인터뷰했던 책방들을 회상했다. 왜냐하면 책을
만들며 만난 대부분의 책방 주인들은 책 판매 수익만으로는
생활이 어려웠고(월세만 벌어도 다행인 상황이었다), 그리하여
부업이라 할 만한 일들을 겸하고(그것이 주업으로 보이기도
했다), 고정 수입을 만들어낼 행사를 진행하느라(원치
않지만 워크숍을 여는 이들도 많았다) 피곤해했기 때문이다.
거의 모든 책방 주인들은 책방 창업에 회의적이었다. 책방
운영의 현실과 명암에 대해 스물아홉 곳의 책방과 지겹도록
이야기해놓고, K는 스스로 그 어려운 현실 속으로 몸을

서울에서 온 편집자는
왜 부산에서 책방을 열었을까

던진 것이다. 돈도 제대로 벌지 못하는 그 힘든 일을 왜
시작하는지…… 우리는 웃을 수밖에 없었다.

　　•

　　땀을 뻘뻘 흘리며 골목골목 위치한 책방들을
찾아다녔던 그 시간은 아무래도 K와 나에게 어떤 마법을
걸어둔 것이 분명했다. 나 역시 책방 주인이 됐기 때문이다.
심지어 전혀 연고가 없었던 부산에서 나는 책방을 차렸다.
『우리, 독립책방』을 만들 때만 해도 상상조차 하지 못한,
농담으로라도 말할 리 없는 일이었다.

　　서울 마포구에 살며 출판 일을 하던 나는 결혼하면서
부산으로 삶터를 옮겼다. 먼 곳으로 이사하는 탓에 당시
다니던 출판사를 그만두었다. 부산에서 새로이 일을
시작해야 했다. 취직을 할까 고민했다. 출판과 관련된
일이라면 무엇이든 좋을 듯했다. 그러다 어느 회사의 사보
에디터로 일할 기회가 생겼다. 연봉 협상을 앞두고 밤을
꼴딱 새웠다. 얼마를 받아야 하나 고민했기 때문이 아니라,
그 일을 시작하는 게 내가 진짜 원하는 것인지 나를 행복하게
해줄지 수없이 되물었기 때문이었다. 날이 밝을 때쯤 결론을
내렸다. 내 공간을 만들어 '내 일'을 하자고. '나'라는
한 인간을 브랜드로 만들자고. 다시 월급쟁이로 일할 수 있는
기회를 저만치 밀어내버렸다. 책방을 열기로 했다.

그해 여름이 무더웠던 만큼 K와 나는 서로에게 많이 마음을 의지하는 시간을 보냈던 것 같다. 그래서 나는 K를 함께 일했던 시간은 짧지만 마음을 많이 나눈 사람으로 여겨왔다. 책방을 준비한다는 나의 소식을 가장 먼저 전해주고 싶었던 이가 K인 것은 아주 자연스러웠다. 그는 책방 공간을 구했다는 말을 듣고 잘됐다며 무척이나 반겨주었다.

그리고 우리는 또 한 번 웃을 수밖에 없었다. 서울과 파주를 오가며 책방 주인을 인터뷰하는 책을 만들던 두 사람이 모두 책방 주인이 되었다니…… 아무리 인생이 한 치 앞도 알 수 없는 것이라고는 하지만 정말 이럴 줄은 몰랐다. 어쩌면 우리 두 사람이 책방을 쏘다니던 그 시간, 무엇인가 정말 마법을 건 건 아닐까. 웃으며 반겨주던 책방 주인들의 얼굴이, 그리고 그들이 내어주던 시원한 물 한 잔이. K와 나는 지금도 종종 이야기한다. 그때 낯선 책방에서 얻어 마신 물 한 잔이 얼마나 달고 시원했는지.

•

출판사에서 일해온 경력이 있으니 다른 사람들보다 수월하게 책방을 열 수 있으리라 생각했는데, 막상 창업을 준비하다보니 모르는 것투성이였다. 인터넷 검색만으로는 사실을 알 수 없는 부정확한 정보가 많았다. 책방을

창업하는 방법이 어딘가에 일목요연 정리되어 있지도
않으니, 누구라도 먼저 해본 사람이 알려주면 좋겠다
싶은 것들이 넘쳐났다. 염치없지만 뻔뻔하게, 그런 건
모두 K에게 물었다. 매번 잘도 물어봤다.

　　사업자등록, 부동산 검토와 계약, 도서 발주, 필수
비품 구입 등 다양한 영역에 걸친 질문들이었다. 이를테면
사업자등록을 할 때 서점은 '면세 사업자'라는 것부터,
면세 사업이기에 세금 신고가 필요 없고 증명이 필요한
지출들은 세금계산서가 아니라 계산서를 발행받으면
된다는 것, 모든 건물에는 용도가 지정되어 있는데 서점을
열기 위한 공간은 '근린생활시설'에 해당하는 건축물이어야
한다는 것, 책은 B 도매 업체를 주로 이용하지만 경우에
따라 부산 내 도매 업체를 이용하기도 한다는 것, 또 어떤
출판사들이 얼마의 공급률로 직거래를 허용하고 있다는
것, 카드 단말기는 유선과 무선(휴대용)이 있는데 책방의
경우 외부 행사도 많으니 휴대용이 유용하다는 것, 단말기는
온라인 쇼핑몰에서 구입할 수 있는데 기계만 살 수도 있고
비용을 더 들이면 통신사에서 카드사 계약을 대행해준다는
것, 공인중개사사무소 없이 집주인과 바로 계약을 하는
경우 구두로 내용을 모두 확인한 후 당사자끼리 직접
표준임대차계약서 서식을 준비해 계약하면 된다는

것까지…… K가 설명해주었다. 나는 정말이지 정답을
맡겨놓은 사람처럼 그에게 이것저것 물었다. 귀찮을 법도
한데 K는 늘 성심성의껏 답을 주었다. 그는 기꺼이 나의
선배가 되어주었다.

•

　내가 책방 문을 열기까지, 『우리, 독립책방』에 소개된
어떤 책방들은 문을 닫았다. 다양한 이유가 있겠지만,
인터뷰 중에도 책방 주인들이 여러 번 말했고 사람들이
쉽게 예측할 수 있듯, 요즘의 책방이란 생계를 유지할 만큼
수익이 발생하는 사업이 아니기 때문이었다. 지속하기
어려운 일인 셈이다.

　여전히 운영 중인 나머지 책방들 역시 상황이 녹록지
않은 것은 마찬가지일 것이다. 실제로 운영해보니 '취미는
독서' 역시 크게 다르지 않다. 나 역시 책방 월세와 관리비
채우기에 급급하고 그 이상의 수익을 내기 위한 방법을
고민한다. 사실상 책 판매만으로 버는 돈으로는 생활이
불가능하기 때문이다. 그래서 대부분의 책방 주인은
책 판매 외의 활동을 끊임없이 기획하며 살 길을 모색한다.
작가와의 만남, 글쓰기/독서 모임, 출판 편집/디자인
워크숍 등 책방에 사람들을 불러 모으고 고정적인 수입을
발생시킬 수 있는 다양한 활로를 찾는 것이다. 그러한

행사를 원치 않았던 책방 주인들은 운영 자체에 회의감을
느끼기도 한다. 또 꾸준히 워크숍을 기획하고 진행하는
일은 생각보다 에너지 소모가 커서 대부분 1인 기업인 책방
주인들이 정신적·체력적 한계를 느끼는 부분이기도 하다.

　　이러한 책방 운영의 어려움을 일찍이 인터뷰를 통해
목격하면서도 K와 나를 책방 창업으로 이끈 것은 삶을
대하는 책방 주인들의 태도였는지도 모른다. 다른 사람이
차린 회사에 취직하는 대신 스스로 '내 일'을 만드는
태도. 망할 가능성이 크지만 해보고 싶은 일을 용기 내어
시작하는 태도. 쉽사리 포기하지 않고 그 일을 지키기 위해
계속해나가는 태도. 쉴 새 없이 반짝이는 그 태도들이
마법처럼 우리를 홀려두었겠지. 그리고 창업에 뛰어들기 전,
나는 그 태도를 나의 선배인 K에게서도 보았던 것이다.
그는 열심이었다. 즐거워 보였다.

　　•

　　나를 비롯한 많은 책방 주인들은, 각자의 공간에
하고 싶은 마음들을 풀어놓음과 동시에 이 시간을 견디는
중이다. 그러나 인터뷰 후 사라진 몇몇 책방들처럼 언젠가는
우리들의 책방도 문을 닫을 것이다. 운이 좋아 아주 오래
갈지도 모르는 일이지만.

　　어쩌면 책방 주인들은 책방을 통해 돈을 많이 벌겠다는

소망을 품은 게 아니라 자신이 바라는 스스로의 모습,
그것을 이루어가겠다는 바람을 가진 것이 아닐까 생각한다.
자신만의 방식으로 한 세상을 가꾸며, 우리는 다름 아닌
'나 자신'이 되어간다. 창업의 시간을 통해 우리는
내가 어떤 일을 즐겁게 할 수 있는지를 알고 그 일을
만들어낸다. 내 몸 상태를 알고 일할 때와 쉴 때를 구분한다.
좋아하는 것이 무엇이었는지 싫어하는 것이 무엇이었는지를
발견한다. 훗날 책방 문을 닫고 어느 회사에 취직을
할지라도. 그날의 우리는 이전과는 다른 사람일 것이다.

　　　책방을 찾아온 손님들 중 누군가는 자신도 이런 책방을
여는 것이 꿈이라며 부럽다 말한다. 그럴 때면 나는 웃으며
생각보다 쉽지 않은 일이라며 손사래를 친다. 그럼에도
불구하고 더욱 진지하게 달려드는 이가 있다면 책방의
현실이 얼마나 어두운지 이야기하며 창업을 말릴 작정이다.
그런데 누가 알까. 내가 그에게 건네는 말 한 마디가,
아니 단지 책방에 앉아 책을 팔고 있는 한 장면이 그에게
마법을 거는 주문이 될는지. 훗날 그들이 책방을 창업하고
한 배를 탄다면 우리는 다 같이 웃겠지, 돈도 제대로 벌지
못하는 그 힘든 일을 왜 시작하느냐며.

서점의 일,
감수하시겠습니까?

윤동희 | 북노마드 대표

잡스는 워즈를 어떻게 설득해야 할지 알았다.
그는 떼돈을 벌 것이라고 장담하는 대신, 흥미진진한
사업체를 갖게 될 것이라는 사실을 강조했다.
"설령 손해를 좀 보더라도 회사 하나는 생기지 않겠어?"
잡스는 자신의 폭스바겐 버스를 몰고 가면서 옆에 앉은
워즈에게 말했다. "우리 인생에서 처음으로 회사를
갖는 거야." 이 말은 부자가 될 수 있다는 말보다 훨씬 더
강하게 워즈의 마음을 흔들었다. "마음이 설레더군요.
절친한 우리 둘이서 회사를 차린다, 얼마나 멋집니까!
이미 그때 마음이 기울었어요."

- 월터 아이작슨 『스티브 잡스』

줄어들면서 늘고 있다. 서점의 이야기다. 동네 서점
애플리케이션 서비스를 운영하는 '퍼니플랜'이 발표한
2018년 12월 기준 전국 동네 서점은 466곳. 전국에 개점하는
서점은 2016년에는 주 평균 1.6곳, 2017년 2곳, 2018년에는
2.6곳으로 매년 개점하는 서점 수가 증가했다. 최근 3년간
주 평균 2곳이 개점한 것으로 나타났다.[1] 새로 개점하는 서점
대비 휴점 또는 폐점하는 서점 비율은 2016년에 -2.4%,

---

[1]   전국 독립 서점의 증가 수는 2015년 대비 2018년의 최근 3년간 서울특별시(+134),
      경기도(+39), 제주특별자치도(+20) 순으로 많았다. 특히 광주광역시(+16)는 16배 증가했다.

2017년에 -15.6%, 2018년에 -15.8%로 점차 증가한 것으로
나타났다. 서점의 임대 계약 기간이 끝나는 2~3년 차에
일시 휴점하고, 주소 이전 또는 폐점한 것으로 보인다.
통계적으로 동네 서점은 감소세를 보이지만 독립 서점은
늘고 있다.

　　동네 서점은 동네에 있는 작은 서점이다. 단행본과
참고서, 잡지 등을 판매한다. 동네 서점 가운데 소규모 독립
출판물을 다루는 소형 서점을 '독립 서점'이라 부른다.
운영자의 취향과 가치관이 느껴지는 책을 선별^{select}·판매한다.
독립 서점 주인들의 삶의 이력, 다양한 서점 형태, 독립
출판의 양감과 질감이 뒤섞여 있다. 북 토크, 독서 모임,
워크숍, 공간 대여, 전시, 공연, 낭독회, 마켓 등을 꾸린다.

　　독립 서점은 '독립 출판'과 맞물린다. 독립 출판물이란
일반인들이 1인 출판 형태로 자신의 색깔을 반영한 콘텐츠를
적은 부수로 출판하는 출판물이다. 소수 독자를 염두에 두고
자기 색깔을 숨기지 않는다. 물론 독립 출판물보다 기성
출판사의 책들을 선별해 판매하는 독립 서점이 훨씬 많다.
도매상과 계약을 맺고 책을 판매한다는 점에서 '작은' 동네
서점이라고 해도 좋다. 독립 서점을 바라보는 천편일률적인
시선을 마뜩지 않아 하며 '히키코모리' 성향으로 운영하는
곳도 있다. 도매상에 의존하지 않고 서점이 주도적으로

서가를 구성한다고 해서 '편집 서점'이라는 용어도 등장했다. 모두 독립 서점의 오늘의 모습이다.

밀실-광장, 시대를 역행하는 두 번째 집

독립 서점은 '아날로그의 역습'으로 불린다. 글로벌 체인점과 기업형 체인점의 독과점, 포털 사이트와 SNS 검색으로 '오늘의 맛집'과 '데이트 핫플'을 검색하는 소비자…… 합리성과 편안함을 추구하는 세상에서 '비합리적인 '기호품'을 판매하는 가게'.[2] 독립 서점은 시대와 어울리지 않는 모습으로 존재감을 드러내고 있다. 정재승 교수[KAIST]는 "정보가 넘쳐나는 시대에 도심에 자리한 독립 서점이 지혜와 영감을 만들어내는 공간으로 성장하길 기대한다"[3]고 적었다. 일상에 지친 도시인들이 깊이 내면으로 침잠해 들어가 사색하는 공간, 정보와 지식이 영감과 통찰이 되는 공간. 그의 말처럼 독립 서점은 밀실이자 광장의 공간으로 진화하고 있다.

아날로그의 역습은 지금-여기 도시 공간과 건축을 설명하는 주요 흐름이다. 도시 속 '두 번째' 집이 트렌드이다.

---

2   호리베 아쓰시, 정문주 옮김, 『거리를 바꾸는 작은 가게』, 8쪽, 민음사, 2018

3   정재승의 퍼스펙티브, '아날로그의 반격' 독립 서점은 도심의 사려니숲이다, 중앙일보 2018년 8월 23일

중국 베이징 후통에 자리한 요우슈 게스트하우스. 중국 전통 가옥이 모여 있는 골목에 자리한 이 집은 작은 골목집의 감성은 살리면서 생활에 불편함이 없도록 채광, 통풍, 난방 기능을 더하고, 골목을 향해 마당이 활짝 열려 있다.[4] 공간을 리노베이션한 일본 건축가 아오야마 슈헤이[B.L.U.E 공동대표]는 도시의 오래된 건물과 작은 건축에 집중한다. 대도시 젊은이들에게 잠자고 먹고 사는 공간은 있지만 '집'이 없어진 시대에 도시의 낡고 작은 건물을 고쳐서 '집'과 같은 공간을 차곡차곡 늘려가려고 한다. 개인이 머무는 방은 작지만 다른 사람들과 함께 넓은 공간을 공유하며 도시 생활의 기쁨을 누릴 수 있다는 것이다.

　　아오야마는 상업 시설도 '두 번째 집'이 될 수 있다고 말한다. 동네 공원이 내 마당이 되고, 나무 아래가 내 거실이 되고, 서점이 내 서재가 되고, 가까운 식당이 내 주방이 되어서 도시에 있는 다양한 공적 공간이 '집'의 역할을 대체하는 것이다. 잠자고 먹는 곳만 집이 아니라는 아오야마의 생각은 카페, 서점, 식당도 21세기의 집이 될 수 있다는 새로운 가능성을 제시해준다. 그동안의 도시 설계와 건축이 위에서 결정하고 시행하는 수직적 방식이었다면,

4　낡고 작은 건물을 고친다, 도시가 살만해졌다, 중앙일보 2018년 11월 7일

서점의 일,
감수하시겠습니까?

이제는 작은 건축이 도시를 변화시키는 수평적 방식의
시대가 되었다. 그 변화 속에서 서점의 존재와 역할도
달라질 것이다.

아날로그-디지털, 서점의 스토리텔링

독립 서점, 작은 건축, 두 번째 집…… 수직에서 수평으로,
소유에서 공유/접속으로. 아이러니하게도 아날로그의 역습은
디지털 덕분에 가능했다. '스페셜리티speciality'를 갖지 않아도
되는 시대. 지금, 우리는 각 분야에서 공고했던 위계질서가
사라지는 현상을 목도하고 있다. 이제 우리가 속한
커뮤니티는 정치·경제·사회·문화라는 특정 영역으로 설명할
수 없다. 모든 것이 '연결'되어 있다. 이러한 변화 속에서
특정 전공과 전문가는 필수적이지 않다. 어떤 영역이든지
'일'을 수행하는 기본 지식은 '검색'으로 해결할 수 있다.
과거 세대가 전문 영역을 단단한 요새를 구축하는 데 인생을
바쳤다면, 지금의 젊은 세대는 그 요새에 '구멍'을 내는
사람들이다. 그 구멍으로 새로운 생각이 스며들고, 새로운
개념concept이 잉태conception된다.
그건 출판도 마찬가지여서 기성 출판의 질서도 변화할
것이다. 과거 바우하우스와 다다처럼 모든 것이 예술이
되고, 위계질서가 무너졌듯이 각각의 출판을 인정하는

시대가 도래할 것이다. 작가와 독자로 구분되는 이분법적
쓰기/읽기 환경은 허물어지고 있다. 자신이 하고 싶은
이야기를 책으로 만들고, 그 책이 놓일 곳을 스스로 찾는
일이 보편적인 현상이 되었다. 기성 서점에서 찾을 수 없는
다양한 독립 출판물은 어떤 이야기든지 책이 될 수 있음을
보여준다. 독립 출판물로 시작한 출판물이 베스트셀러로
회자된다. 우리는 더 많은 작가를 필요하게 되고,
그 작가들을 길러내는 출판사를 찾을 것이다. 아니, 작가와
서점 플랫폼이 출판사가 될 것이다.

  물론 출판과 서점의 전망이 밝은 것은 아니다.
단언컨대, 출판과 서점은 사양 산업이다. 테크놀로지는
반드시 경제적 변화를 수반한다. 모든 것이 '스크린'에서
해결되는 시대에 출판과 서점의 미래는 우울하다. 사람들은
서점에 가지 않고, 서점은 열었다 닫았다를 반복할 것이다.
음악을 듣는 방식이 그러했듯이, 영화를 보는 방식이
그러하듯이, 책을 읽는 방식도 변화할 것이다. 손안의
스마트폰으로 일상을 꾸려가는 독자에게 책의 물질성은
바뀌고, 서점의 공간은 존재하되 동시에 존재하지 않을
것이다. 오프라인에서 온라인으로 급격히 전환하는 유통
구조, 디지털 커머스로 전환되는 유통 시장 변화에 오프라인
매장은 대대적인 개편이 일어나고 있다. 그건 서점도

서점의 일,
감수하시겠습니까?

마찬가지여서 대형 오프라인 서점은 책의 재고를 줄이고 온라인 구매를 위한 체험 공간 혹은 '쇼룸'으로 바뀔 것이다.

그러나 세상에는 역설이 있다. 그네는 뒤로 물러나 앞으로 나아간다. 디지털 테크놀로지는 서점의 생존을 위협하는 동시에 생존의 무기가 될 수 있다. 서점이 테크놀로지를 잘 활용하면 의미와 지식을 교환하는 학교가 될 수 있고, 사람들의 모임과 해산이 유동적으로 이루어지는 SNS 공간이 될 수 있다. 소셜 미디어로 고객과의 접점을 넓히고, 온라인 숍을 갖추는 것은 서점만의 '미디어'를 갖는 일이다. 『마케터의 일』의 저자 장인성은 "경험을 저장하고 공유하고 인출하고 성장시키는 데 소셜 미디어가 좋은 수단"이라고 말한다. 물론 핵심 스토리텔링이 빠진 SNS는 없는 것만 못하다. 서점의 기본이 선택-제안-엄선-연결로 이어지는 책의 큐레이션에 있듯이 SNS도 큐레이팅을 거쳐야 한다. 편집자가 책을 편집하듯이 서점도 책을 편집한다. 무엇을 갖다놓을까보다 무엇을 갖다놓지 말까를 고민하는 것, 그렇게 가져다둔 책을 중심으로 같은 가치관을 내포한 다른 책들이 이어지는 것. 서가를 잘 편집하면 손님들은 자연스레 책으로 시선을 옮긴다. 그동안 알지 못했던 필요한 책을 '발견'하고, 그 책으로 자신의 감각과 취향을 (재)확인한다. 판매 수량과 광고로 움직이는 대형 온오프라인 서점의 매대와 초기 화면에서는 발견할 수 없는 책을 편집한 서점에 각별한 마음을 갖는다. 그 책을 대하는 마음이, 책을 선별하는 관점이, 책으로 연결된 모든 실천이 SNS로 기록된다. 그것이 서점의 스토리텔링으로 각인된다.

라이프스타일-미니멀리즘, 새로운 생활의 제안

　오늘날 사람들은 다른 사람과 차별화된 것을 원하는 듯하지만, 많은 선택지 중 그때그때 최적의 것을 고른다. SNS같이 패셔너블하고 즉물적인 관계를 가지면서도 리얼한 현실의 연대를 추구한다. 한 명의 인간, 하나의 개인에 여러 가지 정체성이 공존한다. 인간의 자아는 하나로 정해져 있지 않고, 사회적 상호 관계에 따라 성질이 달라진다. 소설가 히라노 게이치로는 이를 '분인分人'이라고 부른다. 사람들은 단순히 상품을 원하는 것이 아니다. 상품을 둘러싼 '이야기'나 생활의 '제안'을 요구한다. 물건이 넘쳐나는 시대에 사람들은 제품보다 '가치'와 '시간'과 '체험'을 원한다. 과잉된 상품 속에서 자신만의 스타일을 원한다. 정갈하게 살고 싶고, 생각과 물건의 공유를 즐기고, 값비싼 것보다 값진 것을 원하고, 소소한 일상에서 행복을 발견하는 특별한 의미와 감성을 바란다. 이러한 시대의 변화에서 매장은 상품을 '확인'하는 장소가 되고 있다.

바야흐로 라이프스타일이 화두다. 물질문명이 지배하는 자본주의 사회에서 라이프스타일 중심의 미니멀리즘, 탈물질주의 정신이 취향을 중시하는 교양인들을 중심으로 퍼져나가고 있다. 편집자이자 크리에이티브 컴퍼니 '구텐베르크 오케스트라' 대표인 스가쓰케 마사노부는 『물욕 없는 세계』에서 "라이프스타일 붐이란 소비 사회의 성숙을 가리킨다"고 적었다. 물론 라이프스타일의 범람이라는 부정적인 시선도 따른다. 마사노부 역시 《킨포크》 등 독립 라이프스타일 잡지들이 작은 모임에서 이루어지는 인간관계, 의미 있는 생활, 금욕적인 미의식, 컴퓨터 없는 일상의 중요성을 강조하지만 결국 교묘한 마케팅 전략에 편승한 느낌이라고 지적한다. 그럼에도 '라이프스타일'이라는 커다란 카테고리 안에서 각기 다른 삶의 방식을 제안하는 미디어가 쏟아지는 현상은 소비에 지친 사람들의 변화하는 가치관을 반영[5]한다. 패션에 대한 관심이 먹거리와 잡화로 옮겨가고, 의식주를 공유하는 세계관을 제안하는 라이프스타일 매장이 생겨나고, 도시 생활자의 일상이 값비싼 럭셔리 대신 일상의 사물을 애정하는 양식으로 바뀌고 있다. 그 흐름을 반영한

5　스가쓰케 마사노부 지음, 현선 옮김, 『물욕 없는 세계』, 18쪽, 항해, 2017

독립 라이프스타일 잡지와 단행본이 독자들의 사랑을 받고, 새로운 서점들이 그 잡지와 단행본을 큐레이션하며 라이프스타일 매장이 되고 있다.

일본의 흐름이 우리에게 시차를 두고 찾아오듯이 서점은 분명 전환기에 놓여 있다. 2009년 유어마인드로 출발한 국내 독립 서점의 전성시대는 2020년을 기점으로 오너(또는 디렉터)의 개성이 돋보이는 '셀럽' 서점과 '라이프스타일'을 제시하는 '규모 있는' 서점 사업가들로 자리를 바꾸는 모양새다. 기존 서점 사업자와 독립 서점이 아니라 브랜드 가치를 꾸준히 연구하고 실전 경험을 쌓은 기업에서 새로운 서점 문화를 만들어내는 시대가 올지도 모른다. '마스다 미리' 시리즈로 알려진 출판사 이봄의 고미영 대표는 출판 편집자들과의 대화를 담은 『편집자의 일』에서 "전통 있는 대형 서점보다 츠타야 같은 라이프스타일을 반영한 서점이 도래하고 있다"고 말한다. 취향의 다양성이 발화하는 지금 이 순간을 누구도 막을 수 없다는 것이다. 흥하든 망하든 다양한 취향이 톡톡 터지는 건 계속되고, 그에 따라 출판 생태계가 촘촘해지겠지만 개인이 운영하는 작은 서점의 자리는 좁아질 것이다. 실제로 도쿄의 서점 평균 면적은 증가하고 있다고 한다. 개인이 운영하는 작은 서점이 사라지고, 그 자리에 대형 오프라인

서점보다는 작지만 독립 서점보다는 규모 있는 서점이
등장하는 것이다.

　　이제 독립 서점이라는 이유만으로 관심을 모으는
시대는 지났다. 중요한 건 서점을 운영하고 유지하는
것이 아니다. 자신만의 서점의 일을 '기획'하고 '제안'해야
한다. 인터넷 플랫폼의 막강한 공세 속에서 밀도 있는
'제안'과 리얼리티를 체험할 수 있는 감각을 겸비한
실물 매장. 츠타야를 '취향을 설계하는 곳'으로 만든
마스다 무네아키는 '기획(디자인)'을 핵심으로 '제안'을
창출해내는 서드 스테이지[6]로서의 콘텐츠/유통
플랫폼만이 고객 가치를 창출한다고 강조한다. 이런
시대에 물건·상품·콘텐츠·서비스를 만드는 사람들은 어떤
행복이 생활 속에 있는지를 제안해야 한다. 이것만 있으면
충분하다고 골라주는 편집 숍, 물건 사용을 제안하고
'홀릭'들을 모이게 하는 커뮤니티 브랜드, 소비자로 하여금

6　마스다 무네아키는 '고객 가치'의 관점에서 소비 사회의 변화를 세 단계로 분류한다.
　소비 사회의 첫 단계, '퍼스트 스테이지'는 물건이 부족한 시대다. 이 경우, 고객의 입장에서는
　상품 자체가 가치를 갖기 때문에 어떤 상품이든 용도만 충족하면 팔 수 있다. 그러나 인프라가
　정비되고 생산력이 신장되면 상품이 넘쳐나는 시대가 찾아온다. '세컨드 스테이지'다.
　이 시대는 가치의 축은 상품이지만 그것을 선택하기 위한 장소, 즉 플랫폼이 필요하다.
　지금은 플랫폼이 넘친다. 사람들이 시간과 장소에 구애받지 않고 소비 활동을 전개한다.
　이것이 '서드 스테이지', 우리가 현재 생활하고 있는 시대다. 이미 수많은 플랫폼이 존재하고
　있기 때문에 이제는 단순히 플랫폼을 제공하는 것만으로는 고객의 가치를 높일 수 없다.

내면적인 보이지 않는 가치를 만끽하게 하는 브랜드. 라이프스타일 서점은 책뿐만 아니라 물욕 없는 젊은 세대의 현명한 소비를 충족시키는 브랜드가 모이는 '쇼룸'이 될 것이다. 라이프스타일을 제안하는 쇼룸은 규모를 상관하지 않는다. 작은 서점에서도 충분히 할 수 있다. 평범한 상품이던 책과 음반, 영상 콘텐츠를 '지적 자본(기획하고 제안하는 능력)'으로 바꾸는 일. 그것이 라이프스타일을 판매하는 통로가 될 것이다.

온라인-오프라인, 새로운 이야기의 생성

서점은 특정 지역과 공간에 작게 놓여 있다. 하지만 인터넷을 통해 서점은 모든 지역과 장소에 펼쳐질 수 있다. 디지털로 자신의 필요를 점검하고 아날로그로 확인하는 사람들. 이제 서점의 스토리텔링은 온라인과 오프라인을 동시에 흘러야 한다. 서점은 형식적으로는 출판사와 독자를, 개념적으로는 예술과 테크놀로지를 연결시키는 유동성을 갖춰야 한다. 도심의 변두리, 10평 미만의 작은 서점에서 열리는 세미나를 온라인에서도 열면 어떨까. 여기저기에서 '접속'한 독자들이 작가와 이야기를 나누다 보면 온/오프라인 구분이 필요 없는 대화의 향연이 펼쳐질 것이다. 일본의 비평가 아즈마 히로키東浩紀의 1인 출판사

'겐론'이 운영하는 '겐론 카페'가 좋은 사례다. 아즈마는
명문대 교수를 벗어던지고, 겐론이라는 출판사를 만들어
같은 이름의 비평지를 간행하고, 겐론 카페라는 이벤트
공간에서 시간제한 없는 <철학 토크 콘서트>를 운영하고
있다. 아즈마는 겐론 카페를 '극장'이라고 부른다. 그에게
겐론 카페는 철학을 '실천'하는 곳이자 기억을 '육체화'하는
곳이다. 서점이 의제[agenda]로 설정한 어떤 이야기를 품은
책을 큐레이션하고, 작가와 독자들이 온/오프라인에
모여 이야기를 나누면 새로운 이야기가 '위치'할 것이다.
한 권의 '위험한' 책을 세상에 알리는 일. 서점에서
펼쳐지는 동시대적 '사건'은 우리의 신체감각을 단단히
길러줄 것이다.

　　　여러 곳에서 동시다발적으로 이루어지는 서점은
어떨까. 어디서든지 하나의 서점 모델을 제시하는
'브랜드'로서의 서점, 대형 서점의 오프라인 지점이 아니라
책을 이야기하는 '모임'으로서의 서점을 곳곳에 운영하는
것이다. 서점에 모여서 서로의 아이디어를 나누고,
작가들이 갹출한 돈으로 한 권의 책을 만들고, 그 돈을
다음 작가가 사용하는 시스템도 고민할 수 있다. 작가들의
모임이 조직화된 출판사를 능가할지도 모른다. 그러한
모임은 지속가능성을 추구할 필요가 없다. '프로젝트'로서의

출판.[7] 그 짧은 기간에 존재했던 이야기들은 다른 곳에서 다른 생을 살아가는 작가들의 다양한 시각을 담는 이야기 플랫폼으로 진화할 것이다.

　　서점인들이 중심이 되어 서점의 일을 공부하고 체험하는 수업 과정을 만드는 것도 생각해볼 만하다. 프로그램의 커리큘럼은 서점 현장의 일을 기본으로 출판과 동시대 문화예술, 인문학적 프레임으로 구성한다. 수업 장소는 여러 서점에서 릴레이 형식으로 열리고, 서점인들이 만든 현장 커리큘럼으로 1년 동안 공부하고 서점의 일을 체험한다. 출판 세미나와 전시, 이벤트도 기획한다. 그 시간 동안 펼쳐진 모든 일을 다양한 방식으로 '기록'한다. 서점의 홈페이지 혹은 SNS를 통해 사람들이 어디에 있든지 자신의 생각을 올리는 것도 좋겠다. 어떤 수업이든지, 어떤 이야기든지 그것을 온라인에 올리고 누구나 볼 수 있게 하는 것이다. 1년에 한 번 혹은 몇 차례 서점에서 모여서 글을 쓴 독자/작가들과 만나서 실제 책으로 만든다. 당연히 그 책은 해당 서점에서 집중적으로, 오랫동안 소개하고, 그 책을 바탕으로 또 다른 이야기의 장을 만들어내는 것이다.

7　이 책 『서점의 일』을 비롯해 북노마드가 펴낸 『우리, 독립책방』『우리, 독립 출판』『우리, 독립공방』『시인, 목소리』『우리, 독립 출판 2』『편집자의 일』 등은 (독립)출판을 주제로 출판 수업에 참여한 수강생들이 책의 과정에 참여한 프로젝트 출판의 결과물이다.

서점의 일,
감수하시겠습니까?

서점 운영자와 스태프가 국내외 도서전이나 해외
서점을 자주 찾는 것도 필요하다. 물론 생존이 급급한
상황에서 서점 스태프의 경험에 투자한다는 것은 쉽지 않다.
그래서이다. 생존을 위해 '투자'를 해야 한다. 편집과 디자인,
음악, 미술 현장을 직접 보고 누려야 한다. 어떤 서점은
고급문화에, 어떤 서점은 일상문화에, 어떤 서점은
서브컬처의 세계에 관여해야 한다. 서점 일이 끝나면
허겁지겁 문을 닫고 각자의 삶으로 복귀하기보다 콘텐츠를
만드는 이들 못지않은 토론의 시간을 가져야 한다.
본래 서점은 독서와 학문에 힘쓰는 사람들이 모이는
배움의 장이었음을, 출판과 출판 유통을 함께 담당했음을
잊어서는 안 된다.

관계-커뮤니티, 달라진 공간과 형식

저성장 시대다. 인구, 노동 기회, 투자, 생산, 경제
성장 등 모든 것이 침체에 빠진 감소의 시대로 접어들었다.
장기침체, 저성장, 노동의 가치에 대한 사회적 합의가
요청되는 시대에 서점의 운영 스타일, 근무 방식도
달라져야 한다. 지금까지의 서점이 특정 공간, 특정
형식을 반복적으로 답습하는 것이었다면 이제는 달라진
공간에서 달라진 형식을 고민할 때다. 서점을 하려면

장소가 필요하고 돈이 든다. 물리적 공간은 온라인에 비해 비용이 많이 든다. 매달 찾아오는 임대료를 반기는 사업자는 없을 것이다. 보증금과 월세, 젠트리피케이션으로 상처 입은 한국의 서점이 선택할 방식은 지금보다 유동적이고 작아지는 것이다. 기타다 히로미쓰의 『앞으로의 책방』이 좋은 교재가 될 것이다. 작은 트럭으로 만든 이동 서점travelling booksellers과 다른 독립 서점의 책장을 빌린 'shop & shop' 서점이다. 가게 없이, 상품도 없이 매일 어딘가에서 문을 연 '이카분코오징어문고'의 한국 버전을 기대해본다. 매일 SNS로 인사를 건네고, 무가지를 발행하고, 이미 존재하는 오프라인 서점의 책장을 빌려서 '페어'를 열어 독자들과 직접 만나는 서점은 어떨까. '공기 책방'이라 불리는 이런 방식은 직장에 다니거나 다른 일을 갖고 있는 사람에게 적합하다. 일주일에 하루, 혹은 주말을 이용해 장소와 책이 없어도 서점을 열 수 있는 안전한 방법이다. 책이 좋아서 서점을 열었지만, 공간을 유지하기 위해 책을 파는 데 급급한, 그래서 '이게 아닌데'라고 후회하는 서점 관계자들이 고민해볼 방식이다. 아웃소싱으로도 서점은 시작할 수 있다. 서점을 하고 싶은 사람인데 생업을 포기할 수 없다면 서점의 일에 열중하고 싶은 사람을 고용하면 된다. 반드시 내가 할 필요는 없다.

　　세상은 IT를 통해 일은 인터넷 세상에서 하면서도

현실에 발을 딛고 있는 새로운 라이프스타일과 일하는
방법이 가능해졌다. 고령화, 저성장, 지역불균형을 극복하고
대기업 없이 성장한 지역의 작은 마을 이야기가 심심찮게
등장한다. 이른바 로컬local 시대다. 2011년 동일본 대지진을
겪은 일본에서는 다운시프트, 슬로라이프, 커뮤니티,
연대라는 단어가 빈번히 사용되고 있다. 도시에서 농촌으로
이주하는 사람도 눈에 띄게 늘었다. 사람이 떠난 지방
도시의 빈 점포에서 개성 넘치는 카페나 바, 잡화점, 서점
등을 운영하는 젊은이가 많아졌다. 이들의 새로운 실험은
지역의 옛 풍경과 어우러져 주민에게는 아지트가 되고,
외지인에게는 관광의 동기를 제공한다. 제주, 속초, 군산,
전주, 경주 등 국내에서도 이러한 움직임이 시작되었다.
비록 청춘의 느슨한 생태계 네트워크로 이어지지 못하는
아쉬움이 따르지만 로컬에 사람이 모여드는 경향은
꾸준히 이어질 것이다. 이제 서점은 매출과 이익이 아니라
주변 가게와의 연대, 서점이 속한 거리와 도시 풍경까지
생각해야 한다.

결국 '나'를 위한 일, '사람'이 하는 일

정리하자. 서점은 절망의 시대를 건너는 청년들의
소규모 자영업이 될 것이다. 서점은 라이프스타일을

편집하는 규모 있는 서점 사업체와 셀럽들이 운영하는 핫플과 경쟁/공존할 것이다. 어쩌면 수년 안으로 우리가 상상하지 못하는 새로운 문화 형식에 도태될지도 모른다. 이제 사람들은 서점의 익숙한 풍경에 반응하지 않는다. 확실한 스토리텔링을 갖지 않은 서점은 기성세대가 이룬 자영업의 굴레를 벗어나지 못할 것이다. 어쩔 수 없다. 본래 서점은 사업의 목표가 명확하지 않다는 데 있으니. 서점을 운영하는 이도, 서점을 찾는 이도 삶의 목표는 모호하다. 만약 그 '모호성'이 우리 시대의 어쩔 수 없는 흐름이라면 그것을 적극적으로 껴안으면 좋겠다. 모호한 시대, 우리의 삶은 강요적이고 분열적이고 소모적이다. 우리는 빌려온 시간과 빌려온 돈을 기반으로[8] 모든 것을 운영하고 있다. 누구도 전지구화-말기자본주의-디지털 경제 시대에서 불평등 문제를 피할 수 없다. 경제와 비즈니스로부터 영향을 받는 삶을 근본적으로 재구성하고 싶지만 여의치 않다. 성장을 밀어붙이는 확장적인 경제 프로그램에 늘 패배한다. 모든 것에 성장을 우선시하는 지금-여기, 살아남는 것에 지친 사람들이 대안적 삶을 꾸리고, 자신을 착취하고 성장에 얽매인 자본주의적 일상의

8   더글라스 러쉬코프, 김병년, 박홍경 옮김, 『구글버스에 돌을 던지다』, 7쪽, 사일런스북, 2017

서점의 일,
감수하시겠습니까?

체제로부터 도망친 사람들이 그 삶을 지지할 것이다.
그들이 선택한 대안적 일은 '내가 반드시 해야 할 이유를
찾지 못하는 일은 더는 말자. 주변 사람들이 이해하지
못해도 나 스스로 만족할 수 있는 일, 내가 하고 싶은
일만 하며 살아가자'[9]는 결행이었을 것이다. 서점은 그런
사람들을 위한 공간이 되어야 한다. 취직을 염두에 두지
않고 자신의 길을 찾아 나선 사람들, 대학을 졸업하고 어느
정도의 돈은 벌었으나, 스트레스로 지치고, 나에게 돈을
주는 이들로부터 끊임없이 감시받고, 자신의 도태 가능성을
뼈아프게 인식하면서 살아가는 사람들. 삶의 기로에
서 있는 사람들에게 우리가 가진 본연의 감각을 되찾아주는
공간, 인생에는 다른 경로도 있음을 보여주는 공간이
되어야 한다.

　　　결국 사람이다. 서점의 일은 사람의, 사람을 위한,
사람에 의한 것이다. 서점에서 가장 중요한 것은 책이
아니다. 라이프스타일과 온라인 전략보다 중요한 것은 책을
매개로 서점을 만들어가는 '사람'이다. 서점 카우북스를
운영하는 마쓰우라 야타로에게도 서점의 일은 '관계'로
요약된다. 서점의 책은 상품으로서 하나의 계기일 뿐, 더

9　파, 이연승 옮김, 『하지 않을 일 리스트』, 11쪽, 박하, 2017

중요한 것은 그 뒤에 자리한 서점과 사람의 관계[10]라는
것이다. 서점은 책과 사람의 '관계'를 만드는 일을 통해
작은 커뮤니티를 형성한다. 물건을 사기 위해 공부하고
점원-제작자-구매자 사이에 교류가 일어나는 곳이다.
새로운 매체 환경을 즐기되 책이 주는 경험을 포기하지
않는 사람들. 소중한 시간을 들여 서점을 찾아 자아 탐색에
나서는 '프로' 소비자가 있다. 대상의 가치를 싼지, 비싼지로
판단하는 '아마추어'와 달리 '프로'는 스스로 가치를
정한다.[11] 서점은 가게와 지역성의 관계를 소중히 여기는
프로 소비자들의 미의식과 가치관을 '데이터'로 삼아야
한다. 그 데이터가 '문화'가 된다. 그 데이터를 바탕으로
특정 지역의 문화 플랫폼으로 자리 잡는 서점, 그것이 어떤
형태이든지 새로운 개념을 '제안'하는 서점이 살아남을
것이다. 서점을 비롯해 작은 가게를 견디게 하는 힘은 오직
하나. 새로운 욕구와 새로운 기술이 피고 지는 것을 묵묵히
바라보는 것, 삶의 태도attitude를 만들고 지속하는 것뿐이다.
그 일이, 그 공간이 '문화'가 되는 것이다. 문화를 만들어내는
사람과 공간은 쉽게 무너지지 않는다.

10   요시이 시노부, 남혜선 옮김, 『잘 지내나요? 도쿄 책방』, 23쪽, 책읽는수요일, 2018

11   호리베 아쓰시, 정문주 옮김, 『거리를 바꾸는 작은 가게』, 76쪽, 민음사, 2018

서점의 일,
감수하시겠습니까?

서점을 운영한다는 것은 '자기 경영self management'을 책임진다는 것이다. 서점은 낭만이 아니다. 서점의 일은 늘 접속always-on할 수밖에 없다. 아니, 온오프on-off의 구별이 없다. 많은 자유를 얻으려 시작했지만 더 적은 자유를 얻는 결과를 낳는다. 그럴수록 나를 지켜야 한다. 출판은 출판이고, 서점은 서점이다. 시대가 변하고 출판과 서점이 달라져도 본질은 남는다. 그 본질을 지키고, 그 일을 하는 나를 지켜야 한다. 세상이 내게 요청하는 일들을 의심해야 한다. 그 일의 상당수는 그들의 편리와 필요를 위해서다. 그 일에 내 삶을 저당 잡혀서는 안 된다. 세운상가와 할리스 커피 브랜드 리뉴얼을 이끈 최소현 퍼셉션 대표에게도 일이란 '빼는 것'이다. 예쁜 것을 만드는 것을 디자인으로 여겼던 이들에게 그는 '본질'이라는 단순함을 일깨운다. 서점의 일도 '빼기'로 돌아가야 한다. 서점 운영자에게 서점은 소중한 공간이다. 그렇다고 그곳을 멋진 공간으로 만들고자 무리하지 않았으면 좋겠다. 가게라는 공간은 '핫플'이 되기 위해서만 존재하는 것은 아니다. 장소를 개방하고 그곳에 모이는 손님에게 무언가 길을 제시하는 것도 가게의 일이다. 서점이 해야만 하는 핵심 업무만 하고 나머지는 하지 않아도 된다. 서점을 하고 싶었을 때 꼭 하고 싶었던 일. 그 일을 할 수 있는 만큼, 진지하게,

경쾌하게 하면 된다. 자본주의에 질려서, 회사에 몸 바치기
싫어서, 남들이 정해놓은 가치관에 휘둘리고 싶지 않아서,
반反사회적인 게 아니라 단지 비非사회적이어서, 그래서
내 마음대로 할 수 있는 작은 가게를 열었을 뿐인데 너무
많은 일을 할 필요는 없지 않은가. 일이 곧 삶이 되는 시대다.
직업이 아닌 생업을 만들어 지키는 자가 행복한 시대다.
『작고 소박한 나만의 생업 만들기』의 저자 이토 히로시는
생업은 삶과 일이 합쳐진 것으로, 작은 일들을 조합하여
생활을 구성해나가는 것이라고 했다. 일이 곧 삶이 되는
시대에 서점의 일도 다르지 않을 것이다. 기성세대의 생산과
소비의 관습을 따르지 않는 것, 삶을 살아가며 나만의
구체적인 '실마리'를 찾아내는 것. 단순하게, 담백하게!

서점의 일,
감수하시겠습니까?

epilogue

아침에 잠에서 깨어
자신이 하고 싶은 일을 할 수 있는
사람이 성공한 사람이다.

밥 딜런

북노마드